효도하며 살 수 있을까

효도하며 살 수 있을까

초판 1쇄 발행 2024년 7월 22일

지은이 이혜미
펴낸이 장미옥

편집 정미현, 박민정
마케팅 김주희

펴낸곳 크레파스북
출판등록 2017년 8월 23일 제2017-000292호
주소 서울시 마포구 성지길 25-11 오구빌딩 3층
전화 02-701-0633 **이메일** creb@bcrepas.com
인스타그램 www.instagram.com/crepas_book
페이스북 www.facebook.com/crepasbook
네이버포스트 post.naver.com/crepas_book

ISBN 979-11-89586-76-8(03810)
정가 16,000원

효도하며 살 수 있을까

아빠, 엄마와의 추억을 끄집어내는 애틋한 시간이 되기를

내가 어렸을 적 가장 좋아했던 만화주제가는 〈달려라 하니〉의 오프닝이었다.

'난 있잖아, 엄마가 세상에서 제일 좋아…… 엄마를 위해 달릴 거야.'

엄마가 세상에서 가장 좋다니, 나랑 똑같잖아? 세상에서 가장 좋은 사람은 단연 부모님이었고 열심히 공부하는 이유도, 꿈을 이루어야 하는 이유도 온통 부모님이었다. 나는 정말 아빠, 엄마를 사랑했다. 할머니 집에 하루라도 혼자 가 있으면 아빠가 데리러 오기만을 기다렸고, 언젠가 부모님이 돌아가실 거라고 생각하면 눈물부터 콸콸 쏟아졌다. 슬픈 영화 속에서 사랑하는 남녀가 헤어지며 슬퍼하는 모습을 당최 이해할 수 없었다. 세상에 아빠, 엄마보다 더 좋은 사람은 없었기 때문이었다.

성인이 되고 집을 떠나 살게 되며 아빠, 엄마에 국한되어 있던 나의 세계관은 한층 넓어졌다. 바쁜 일이 많아졌고 아빠, 엄마 외에 소중한 사람도 많이 생겼다. 부모님에 대한 애틋한 마음은 자꾸 서랍 속 구석자리로 밀려 들어갔다. 그렇게 지내다가도 가끔 추억을 꺼내보듯 돌이켜보면 다시 어릴 때처럼 절절하고 그리운 것이 부모님에 대한 마음이었다.

부모님과의 지난 이야기를 글로 쓰기 시작했다. 그런데 당차게 시작했던 처음과는 달리 몇 편을 쓰고 나니 더 이상 부모님에 대하여 할 말이 남지 않았다. 겨우 몇 년 키운 강아지에 대한 이야기도, 짧은 경험이나 전공에 대한 이야기도 어렵지 않게 분량을 채우는데 평생 봐 온 부모님에 관한 글은 쓸수록 어려웠다. 그래도 손 놓지 않고 평균 한두 달에 한 편씩 꾸역꾸역 썼다. 그렇게 꼬박 5년이 걸려 겨우 한 권의 책으로 묶어낼 수 있게 되었다.

모아 두었던 글을 세상에 내어 놓기 전, 원고에 대한 검열이랄까, 이 책의 주인공인 부모님께 먼저 한 번 읽어보시라 보내드렸다. 그런데 원고를 손에 든 아빠가 몹시 긴장했다고 한다. 딸들에게 잘해 준 것이 없어서 혹시 아빠에게 서운한 이야기만 한가득 있으면 어쩌나 걱정을 했다는 것이다. 책장을 넘겨보면 알겠지만 우리 아빠는 좌충우돌하긴 했으나 정말 훌륭한 아빠였다. 이렇게 완벽에 가깝게 나를 사랑해 주었던 아빠도 여태 못 해 준 것만 기억하고 있다니. 아마 이 세상 모든 부모님들의 마음이 크게 다르지 않을 거란 생각이 든다.

마음속에 있던 저마다의 부모님에 대한 이야기를 떠올릴 수 있는 글으로 독자들에게 가닿으면 좋겠다. 잊고 살지 모르겠지만 우리 모두는 아마 엄마가 세상에서 가장 좋았던 아이였을 것이다.

2024년 7월

이 혜 미

목차

프롤로그 004

1장. 이제라도 깨달아서 다행이야

흙수저를 물려준 부모는 없다 014
그때 못한 사과, 지금 해도 될까요? 022
이제 어른이 되기로 했다 027
내 삶의 유일한 멘토 032
지금은 이해할 수 있는 아빠의 무모한 도전 039
첫째의 억울함 VS 둘째의 고충 044
우리는 부모님의 청춘을 먹고 자란다 049
커피 한 잔의 여유 054
국밥 한 그릇 059
3천만 원 모았니? 063
배를 한 척 살 수 있을까 068
맞아요, 우리 아빠는 자상해요! 073
어느 날 예고 없이 부모님이 집에 쳐들어왔다 078
궂은날이 좋아진 이유 083
내게는 평생 지켜야 할 사랑이 있다 089

2장. 지금, 내가 해야 할 일을 발견했어

우리 딸, 하고 싶은 거 다 해 098

금수저가 부러우면 내가 금이 되자 106

엄마가 없어도 괜찮은 인간이 되었다 110

쑥떡 먹는 인증샷 속에 감춰진 비밀 116

우리는 맨날 반대하지만 지지하는 사이 122

엄마, 하고 싶은 거 다 해 127

외할머니가 빌려준 쌈짓돈 133

답장은 신속하게, 애정까지 담아야 제맛 138

요리를 못해도 괜찮아 143

인생도 길고 예술도 길다 150

아빠도 무거운 것을 들면 팔이 아프다 156

유튜버가 된 순이 씨 162

하고 싶은 것은 왜 그리 많았을까 168

로또에 당첨되면 좋았을 텐데요 174

예순 살의 첫 호캉스 180

3장. 함께한 추억, 함께 나눌 끝없는 이야기

아빠는 나 없으면 어떻게 살까 186
아빠도 아들 있는 집이 부러웠을까? 191
꿈과 희망의 부곡하와이 196
옛집이 허물어진다 201
내 뒤에는 수호천사가 있다 207
내 장르는 코미디, 그리고 해피엔딩 211
아빠를 트렌드세터로 인정합니다 217
놓친 버스가 가져다준 추억 하나 224
딸을 서울대 보내는 방법 230
미야, 혜미야, 이혜미! 240
통금을 지켜라, K장녀의 뒤늦은 깨달음 245
벚꽃 피는 계절에는 진해에 간다 252
중간에서 만나는 건 어때요? 257
다 같이 배고팠던 중국 유학시절 265
1960년대생들이 온다 276
부모님의 장례식, 어떻게 치를 건가요? 281

에필로그 288

엄마의 커피 한 잔, 아빠의 국밥 한 그릇

향기롭고 든든한 온기가

나를 키웠다

나는 운이 좋은 사람이다.
노력해도 안 되는 사람이 얼마나 많은데
노력한 만큼의 결과가 정직하게 주어졌으니
나만큼 운이 좋은 사람이 어딨을까.
그런데 나의 이 운의 밑천은 바로 아빠 혼자 쓸쓸히 먹었던
10년간의 국밥 한 그릇이었다고 믿는다.

1장

이제라도
깨달아서
다행이야

흙수저를 물려준 부모는 없다

나는 금수저, 은수저도 아니지만 흙수저도 아니다. 일 억만금 재산보다 더 귀한 것을 물려받았다. 그것은 바로 아빠의 피 끓는 유전자이다. 사람은 저마다의 특징이 있듯이 나도 유별난 점이 하나 있는데, 지치지 않는 체력과 실행력이 그것이다. 친구들이 내 일상을 보는 것만으로도 몸살이 날 것 같다고 할 정도이니 말이다. 무술용품을 판매하는 사업을 시작으로 손을 안 대어본 분야가 없을 정도로 다양한 제품을 유통하고 제작했고, 내가 손을 댈 수 있는 거의 모든 온라인 마켓에 상품을 홍보했다. 그로 인해 온라인 창업 강의를 하게 되었는데 상품을 판매해 본 사이트가 워낙 많다 보니 도맡아 하는 과목도 여러 가지가 되었다. 취미가 돈 벌기라 할 만큼 20대 중반부터는 일에만 매진했는데 취미로 했던 에어비앤비 운영, 스톡 사진작가, 블로그 운영 등으로 쏠쏠한 수익을 얻었으며 이 이야기를 책으로 묶어 『서른 살, 나에게도 1억이 모였다』를 펴내어 또 다른 수익 구조를 만들었다. 하지만 내 눈에 비친 아빠는 지금의 나보다 더욱 열심히 살았다.

아빠는 재직 중에도 주말이면 늘 새로운 일을 찾아다녔다. 아직도 잊을 수 없는 생생한 기억의 한 장면이 있다. 내가 다섯 살 되던 해 겨울, 졸업 시즌이었다. 아빠는 꽃시장에서 꽃을 도매로 구입해 졸업식이 열리는 어느 학교 앞에 자리를 잡고 꽃다발을 팔기 시작했다. 졸업식장 앞에는 아빠처럼 꽃을 판매하려는 상인들이 모여 있었다. 아빠와 아빠의 친구 부부가 꽃을 판매하는 틈을 타 내가 고사리손으로 장미꽃 한 다발을 들고 "5천 원, 5천 원!"을 부르자 한 아저씨가 그 많은 상인 중에 나에게로 와서 꽃을 사는 것이 아닌가. “꼬마야, 꽃 한 다발 줄래?” 바밤바 하나가 단 돈 백 원에 판매하던 시절이었다. 5천 원이라는 거금을 손에 처음 쥐어본 나는 눈이 휘둥그레지고 말았다. 내가 아빠를 도왔다는 기쁨과 내 손으로 무언가를 팔았다는 희열에 5천 원을 부르짖는 내 목소리는 더욱 커졌다. 엄마의 만류로 두 번째 꽃다발을 팔지는 못했지만 그 이후로 나는 친구들 서넛이 모이면 집 안의 온갖 잡동사니를 모아놓고 시장놀이를 하는 데 푹 빠졌다.

내가 초등학생이 되었을 때 아빠는 친구와 동업으로 일본식 꼬치 가게를 운영하게 되었다. 아빠는 격주로 주말에 쉬었는데 그 쉬는 날마저 가만히 있지 못하고 쓰리잡을 뛰었다. 또 하나의 잊을 수 없는 기억이 있다. 어느 날 학교에서 돌아왔는데 집에 웬 스티커가 배달되어 있었다. 전봇대에 광고용으로 붙이는 네모반듯한 스티커였다. 그런데 거기에 우리 집 전화번호가 적혀 있었다. 내가 아직 그 옛집의 전화번호를 잊지 못하는 것은 분명 그 스티커의 잔상 때문일 것이다.

네모난 칸에 가지런히 우리 집 전화번호가 적힌 스티커 1천 장이 놓여 있었다. 지금도 스티커를 사 모으는 스티커 마니아인 내가 안방 바닥에 늘어져 있던 이 스티커를 보고 여덟 살 인생에 얼마나 흥분했는지 모른다. 새로운 아파트들이 들어서며 안전 고리, 보조 열쇠가 유행을 하던 시절이었다. 우리 가족은 새로 짓는 아파트 주변의 전봇대를 찾아 광고 스티커를 붙였고, 평일에 엄마가 전화로 예약을 받으면 아빠는 주말을 이용해 드릴을 들고 가 열쇠를 시공했다. 서른 살 중반의 부모님이 일하는 곁에서 아기였던 동생과 나는 매주 만나는 새 아파트의 새 놀이터를 접수하느라 마냥 신이 났다.

그 후로도 아빠는 끊임없이 엄마와 함께 이런저런 사업을 벌였고 그렇게 나와 동생은 부모님의 땀과 노동을 먹고 커갔다. 초등학교 4학년 때, 우리 집은 그 당시 유행하기 시작하던 노래방을 오픈했다. 밤늦게까지 영업을 해야 했던지라 늘 피곤함에 절어 있던 아빠와 엄마의 모습을 보면서 얼른 커서 나도 한몫하고 싶어 안달이었다. 내가 중학교 3학년이 되던 시절 아빠는 또 한 번 슈퍼마켓을 운영하여 다들 픽픽 쓰러져가던 IMF를 극복했고, 이미 키가 성인만큼 자랐던 나는 이때 슈퍼마켓 계산대를 꿰차고 앉았다. 그래서 나는 오래도록 동네에서 슈퍼집 아가씨로 불렸다.

동네 슈퍼를 어떻게든 키워 보려고 나는 과자를 묶음으로 할인해서 팔기도 했고, 화이트데이가 아직 어른들에게 생소하던 시절, 사탕을 상자에 포장해놓고 담배를 사 가던 아저씨 고객들을 사로잡았으며 부모님이 시키지도 않은 음료수 가격표를 프린터로 뽑아서 정리하기 등의 일을 도맡아 했다. 슈퍼를 운영하는 일이 그리 힘든 줄 처음 알았다. 모든 동네 사람이 한 번씩 거쳐가며 한 마디씩 거드는 곳이 동네 슈퍼였던 것이다.

나는 때로는 친절하다가도 때로는 손님들과 맞짱 뜨고 싸우면서 장사를 배워갔다. 슈퍼 계산대에 앉아 거의 모든 고객들의 다양한 유형을 경험했기 때문에 내 장사를 할 때는 평정심을 갖고 아무리 고객님이 이상 현상(!)을 보여도 꾹 참고 친절할 수 있었던 것이 사실이다. 이렇게 큰 내가 장사를 안 하면 이상

한 일이다. 이 시절 아빠는 아침 7시에 출근하고 저녁 7시에 퇴근해서 슈퍼에서 일을 하다 저녁 11시에 집에 들어가 잠을 자고 다음 날 다시 출근하는 철인의 생활을 해 나갔다. 그러며 딸 둘을 유학에 대학원까지 보내며 아르바이트 한 번 시키지 않고 공부에만 집중하라 할 수 있었고, 그래서 지금은 연금 외에도 월세를 받으며 노후 걱정을 덜었으니 부모님의 인생을 어찌 존경하지 않을 수 있겠는가. 그 아빠의 인생을 모두 봐 온 딸이 어찌 아빠에게 효도하고 싶은 마음이 깊이 들지 않을 수 있겠는가.

피곤하다고 축 처져 있거나 티브이나 보며 시간을 보내는 아빠의 모습을 거의 본 적이 없었기 때문에 나는 원래 사람이란 주말에도 쉬지 않는 것이 정상인 줄 알았다. 또한 지금 마음 편히 몸 편히 큰 걱정 없이 사는 아빠를 보며 나도 열심히 일을 해 놓은 다음은 편하게 사는 날이 올 줄을 믿고 있는 것이다. 하지만 무엇보다 젊은 날 그리 불같이 일하던 아빠의 모습이 멋져 보여서 자꾸만 따라 하고 싶은 것 아닌가!

아빠가 나에게 준 최고의 선물은 이 열심히 사는 유전자. 몸소 보여준 성실함이다. 아무리 아빠가 스트레스를 받은 날 술 한 잔 마시고 도깨비 흉내를 낸 적 있었다 해도 그 모든 것이 다 이유가 있었음을 딸은 보고 느낀다. 아빠는 긴가민가하며 이루었던 것을, 나는 아빠를 보며 강한 확신을 가지고 노력한다. 아빠가 내 삶의 본보기요, 내 모습의 근본이라는 사실은 어떤 것과 바꿀 수 없는 금송아지였다. 금수저를 쥐어 주는 대신 내 몸뚱이를 황금알을 낳는 오리로 만들어 주었으니 어찌 귀하지 않겠는가.

맞다. 성공은 운이 붙어야 한다. 번번이 쉬지 않고 아빠는 세상에 부딪혔지만 세상은 아빠에게 그렇게 호의적이지 않았다. 아빠의 노력만 보면 준 재벌쯤은 되었어야 하는데 그렇지 못했다. 엄마는 늘 아빠, 엄마가 배운 게 많이 없어서 항상 힘든 일로 돈을 버니 너희들은 많이 배워서 조금 더 세상을 편히 살라고 했다.

내가 지금 최선을 다해 살고 있는 것은 학교를 많이 다녀서

가 아니다. 순전히 열심히 살았던 부모님의 모습을 보아서 그런 것이다. 사람들이 나에게 일을 왜 그리 많이 하느냐고, 힘들지 않냐고, 쉬었다 하라고 말한다. 늘 말하지만 힘든 걸 꾹 참고 한 것이 아니라 힘든 줄 몰랐기 때문에 그랬다. 어릴 적부터 이렇게 열심히 사는 아빠, 엄마를 보아서, 부모님의 그 유전자를 물려받아서 힘든 줄을 모르고 일할 수 있었다. 할아버지, 할머니에게 물려받은 게 없다고 가끔 친구들과 비교하던 아빠는 여전히 나에게 물려준 게 없다고 말하지만 아무리 생각해 보아도 나야말로 금수저다.

그때 못한 사과,
지금 해도 될까요?

우리 부모님 세대야말로 가장 힘든 시대를 타고났다고 생각한다. 할머니 세대를 봉양하고 자식 세대들에게 손 벌릴 생각은 하지 않는다. 아빠가 구순이 넘은 할머니에게 생활비를 부친 지 30년이 넘었다. 그리고 딸 둘이 차례로 독립하는데 40년 가까이 걸렸다. 그 세월 중 우리가 스무 살이 넘어서는 둘 다 집을 나와 자취를 하게 되었는데 학비부터 집세에 유학까지 억 소리 나게 아빠 돈을 끌어다 썼다. 드디어 어느 순간 아빠 카드를 사용하지 않겠다고 완전한 독립을 선언했을 때 얼마나 가뿐

했을까. 그렇지만 그렇게 사회생활을 시작하고 돈을 벌게 된 우리는 언젠가 부모님이 연로해지면 매월 생활비를 쪼개 부치며 부모님을 전적으로 모셔야겠다는 생각을 별로 해 본 적이 없다. 노후 준비는 부모님 몫이라 생각하고 부모님 역시 우리에게 부담 주지 않으려 치열하게 본인들의 인생 계획을 잘 짜서 살고 계신다.

내가 중학생이 될 때, 고등학생이 될 때 아빠는 잠을 이루지 못하고 숱한 밤을 뜬눈으로 고민했다고 한다. 사교육비는 어쩌지, 대학을 간다면? 대학원을 간다고 하면? 독립을 한다고 하면? 아빠의 월급을 아무리 쪼개 보아도 도무지 계산이 나오지 않더라고 했다. 그래서 아빠가 부득이 선택했던 것이 투잡이다. 엄마도 생활 전선에 뛰어들었다. 아빠 엄마의 30대, 40대, 50대는 본인들이 없었다. 우리를 키우는 시간만이 존재했던 듯하다. 어릴 적 아빠가 마냥 따뜻하진 않았어도 몹시도 일을 열심히 하셨다. 그래서 나는 기꺼이 인정한다. 조금은 퉁명스러웠던 아빠의 젊은 시절을.

내가 어릴 적 기억하는 아빠는 몹시 예민한 사람이었다. 잠을 자다가도 조금만 시끄러우면 일어나 고함을 지르기 일쑤였다. 아빠가 낮잠이라도 자는 날이면 우리는 집에서 쫓겨나 밖에서 놀아야 했다. 그런데 최근 들어 집에 가서 보니 아빠가 저녁 9시만 넘어도 티브이를 보다가 꾸벅꾸벅 졸고 있었다. 비몽사몽 인사를 하고 방에 들어간 아빠는 거실에서 우리가 떠들든 말든 코까지 골며 잠을 잔다. 그토록 편하게 잘 수 있는 사람이었으면서 옛날엔 어린 자식들 때문에 받는 중압감이 얼마나 컸기에 그랬던 걸까.

나는 지금 혼자 살며 내 일을 하고 있어서 내가 원하는 대로 한 달이고 일 년이고 쉬고 싶을 때 쉴 수 있다. 회사를 동료들과 직원들에게 살포시 일을 맡긴 후 자유시간을 누리고 돌아와도 된다. 반드시 해야 할 일 따위는 없다. 하고 싶지 않으면 하지 않아도 되는 일들이 태반이다. 먹여 살려야 할 식구도 없고 부모님도 아직 건장하다.

아빠는 지금의 내 나이에 할아버지를 잃었다. 그런데 하필 집

안 사정이 썩 좋지 않았을 때라 물려받을 것도 없었다고 한다. 평생 가정주부로만 살았던 할머니를 아빠와 삼촌들이 책임져야 했다. 당시 나는 여섯 살, 그리고 곧바로 동생도 태어났다. 아빠의 월급은 정해져 있어서 열심히 한다고 성과급이 두둑이 주어지는 일도 아니었다. 예전에는 노력하면 집 한 채를 장만할 수 있었다고 하는데 아빠를 보니 그렇지도 않았던 것 같다. 우리 집을 샀던 것은 그나마 아빠가 40대 중반이 되었을 때인데 퇴직금 중간 정산을 받았고 빚을 냈으며, 그걸 갚으며 살려니 네 가족이 먹고사는 게 너무 빠듯했기 때문에 엄마가 슈퍼마켓을 운영해야 했다. 아무 사정이 없는 집이야 월급을 받아 생활하며 꼬박꼬박 저축했겠지만 동네에 그런 사람이 과연 얼마나 됐을까. 만일 지방이 아닌 서울에서 집을 살려고 했으면 더욱 쉽지 않았을 것이다. 생각해보면 다 비슷하다. 현재 2024년 기준으로 내가 살고 있는 지방의 아파트도 1억 원대이고 작은 평수는 1억 미만이다. 지금이라도 아빠처럼 밤낮으로 일하고 돈을 모으면 충분히 가능할 것이다. 나는 부모를 봉양할 필요도 없어서 훨씬 유리할 테지만 그래도 쉽지 않은 일이다. 그러니까 아빠는 이 모든 걸 대체 혼자서 어떻게 한 것일까.

아빠가 이 악물고 어떻게든 살아보겠다고 했던 시절 나는 사춘기여서 아빠한테 말 한마디 건네지 않았다. 아빠도 서툴렀겠지만 나도 딸이 처음이라서 참 서툴렀다. 아빠가 회사 일을 마친 후 슈퍼마켓 일을 돕고 늦은 시간 집에 왔을 때 아빠한테 따발총처럼 다다다다 대들고 문을 쾅 닫고 들어갔던 10대 소녀였다. 난 속상하니까 방에 들어가서 울었다. 아빠가 미웠고 없어져 버렸으면 좋겠다고 생각했다. 공부하기 싫은데, 지방에서 살기 싫은데 해 준 것도 없으면서 큰소리치는 아빠가 원망스러웠을 것이다. 20여 년이 지나고 나니 문을 쾅 닫고 들어가서 운 소녀보다 딸이 문을 닫고 들어갔을 때 끓었을 아빠의 심정이 더 마음 쓰인다. 겨우 40대밖에 되지 않았던 젊었던 아빠. 그날 아빠도 속으로 울었을까? 20년이나 늦었지만 지금이라도 사과해본다.

'미안해요.'

이제
어른이 되기로 했다

이제 한 달 후면 아빠가 30년 넘게 다녔던 회사에서 정년퇴직을 한다. 가을을 타는 아빠는 올해 유독 싱숭생숭했을 것이다. 평생 몸담았던 회사에 사원증을 반납하고 나오는 그 마지막 발걸음이 얼마나 무거울지 모르겠다. 내 나이만큼 한 회사에서 일했던 아빠의 회사원 인생이 이제 막을 내리려 한다. 나는 아빠가 행여나 힘이 빠질까봐 중간중간 추임새를 넣는 것을 잊지 않는다.

"와, 아빠는 좋겠다. 은퇴하면 맨날 놀아서."

"아빠, 이제 그동안 못했던 것, 하고 싶은 것 원 없이 다 해보세요."

그리고 가장 중요한 한 마디도 잊지 않는다.

"엄마 몰래 용돈 필요하면 전화하세요."

아빠의 은퇴 날이 점점 다가오자 나도 은근히 신경이 쓰이는 모양이다. 아빠가 은퇴를 한 후에 국민연금이 나올 때까지 몇 년이 남았는지, 내가 매달 용돈을 주기적으로 드리는 게 나을지, 아니면 경조사 때, 명절, 생신 때 목돈을 드리는 게 나을지 고민을 하고 있으니 말이다. 젊은 우리도 직장을 그만두면 얼마 지나지 않아 허리띠를 졸라매게 되는데 나보다 연봉도 많이 받던 아빠가 일순간 급여가 끊기면 얼마나 허전할 것인가. 젊은 사람들은 재취업의 문을 두드려 보기라도 하겠지만 요즘 같은 사상 최악의 취업률에 청년 취업도 그리 문제가 많다는데, 아빠 나이에 할 수 있는 일이란 얼마나 제한적일 것인가. 용돈벌이 하러 나가겠다고 하기 전에 내가 선수를 쳐야겠다. 괜히 어디서 일을 해보겠다고 나갔다가 젊은 사람에게 무시를 받거나 무례한 일을 당하기라도 한다면? 생각만 해도 분하다. 아빠가 은퇴를 하게 되면 이제 우리 집안의 가장은 나다. 집안에 무슨 일이 생기면 집안을 책임져야 하는 사람이 바로 내가 된다. 장녀로서의 사명감에 생각이 많아지니 어깨가 무겁다.

철이 들고 내가 어른이 되었구나 하고 느끼는 때가 있을 것이다. 경제적 여유가 생겨서 나를 책임질 때 어른이 되는 걸 느낀다는 사람도 있고, 누군가는 결혼을 하고 아이를 낳고 보니 비로소 어른이 되었다는 느낌을 받는다고 한다. 그런데 나에게 어른이 되는 것은 올해인가 보다. 이제 집안의 기둥이었던 아빠의 바통이 오롯이 나에게 넘어오는 것이다. 정작 부모님은 나에게 의지를 하거나 바라는 것 하나도 없는데 걱정 많은 아빠처럼 나도 밤새 뒤척이며 여러 생각을 해본다.

휴일도, 휴가도 없이 살던 아빠의 생활 방식을 따라 우리 가족은 휴가를 제대로 가 본 적이 거의 없다. 아빠가 은퇴를 하면 모처럼 온 가족이 함께 해외여행을 한 번 하자고 기획했다. 아빠 은퇴 선물로 여행 경비를 모두 내가 내겠다고 마음까지 통

크게 먹었다. 어느 나라가 좋겠냐며 우리가 언제 다시 한 번 이렇게 네 가족이 여행을 할지 모르니 하와이든 뉴질랜드든 가장 가고 싶었던 곳에 가자고 했다. 여행 일정에 신이 난 것은 엄마와 동생 그리고 나. 집안의 세 여자뿐. 아빠는 잠자코 들으시더니 농담처럼 "여행은 너희 셋이 가고 나는 용돈으로 주면 안 되겠냐"고 했다. 나는 아빠가 우스갯소리를 하는 줄 알고 한바탕 웃었다.

후에 남자 선배들과 모인 자리에서 우스갯소리로 아빠 이야기를 해주었다. 그런데 남자들이 정색을 하며 이렇게 말하는 것이었다.

"그래, 아빠 말씀 들어드려. 평생 가족을 위해서 일했는데 또 가족 여행을 가자고 하다니. 남자들한테 가족 여행은 즐겁지만 힘든 일이다. 딸 둘밖에 없는데 친구들처럼 술을 한 잔 할 수 있냐, 재밌는 이야깃거리나 있냐. 우리도 사실 가족 여행은 봉사한다는 마음으로 가는 거야."

아니, 그게 진심이란 말인가? 곰곰이 생각해 보니 아빠는 친구들과의 모임이 훨씬 즐거워 보였고, 다 큰 딸들이 사위 하나 데려오지 않아서 여자 셋의 대화에 가끔 끼지 못할 때도 있으며, 본래 여행을 좋아하지 않아서 어딜 돌아다니는 걸 즐기는 분도 아니었던 것 같다. 여행을 간다는 것은 순전히 내 만족이지 않았을까.

아빠는 그간 못했던 낚시나 실컷 하러 통영 할머니 댁으로 내려가고 싶다고 했다. 낚시 장비나 바꿔 드리고, 옷도 좋은 걸로 한 벌 해 드려야겠다. 그런데 가만, 아빠만 챙길 수 없잖아. 요즘 들어 아빠가 은퇴한다고 너무 아빠 생각만 하는 것 같아 엄마가 서운해할 것 같다. 그동안 아빠의 야근과 특근에 함께 밤잠 못 자고 야식 챙기랴, 보양식 챙기랴 엄마의 공도 크다. 준비했던 여행 자금을 반으로 똑 나눠서 아빠 엄마한테 반반씩 골고루 드려야 할까? 며칠을 고민으로 밤잠을 뒤척였다.

어릴 때가 좋았지. 한 해 한 해 갈수록 생각해야 할 것들이 늘어간다.

내 삶의 유일한 멘토

아빠와 말을 안 하고 지낸 적이 몇 번 있었다. 사춘기 때부터 대학교를 졸업할 때까지 약 10년간 그랬다. 고등학교 때는 아빠와 사적인 이야기를 제대로 한 적이 거의 없었는데, 중국으로 대학을 간 후에야 비로소 안부 전화라는 것을 하게 되었다. 어찌 지내니, 춥지 않니, 지낼 만하니, 하는 겉도는 대화가 사뭇 불편했고, 그마저도 얼마 못 가 소원해지고 말았다. 아빠의 한두 마디에 쉽게 토라지는 일이 잦아지면서 아빠에게 먼저 전화를 걸지 않게 되었다. 차라리 아빠의 전화가 끊기자 홀가분

했다. 마치 떨어져 사는 내가 몇 시에 귀가를 하나 공부는 잘하나 감시하는 느낌도 받았으니까. 어린 딸을 멀리 중국까지 유학 보내 놓고 아빠 혼자 날마다 걱정이 많았을 텐데 나는 그 후로 모질게도 몇 년간 아빠에게 전화 한 번 하지 않았다. 내 소식은 늘 엄마에게 전했을 뿐이었다. 아빠는 그동안 낮에는 회사를 가고, 밤에는 가게를 보는 고된 시간을 묵묵히 견디며 7년간의 나의 긴 유학을 뒷바라지해주었다.

아빠에 대한 절절한 감정을 느낀 것은 사회생활을 시작한 후였다. 이렇게 벌어먹기가 힘든데 대체 아빠 혼자 무슨 수로 이리 뛰고 저리 뛰어 우리 네 가족에 시골에 계신 할머니까지 부양할 수 있었는지 모를 일이었다. 가만 생각해 보면 이해도 간다. 뼈 빠지게 밤낮으로 일해서 하고 싶다는 공부 다 시켜줬더니 은혜도 모르는 딸은 아빠한테 데면데면하기만 했으니 내가 아빠라도 미운 감정이 들지 않을 수 없을 것 같다. 그즈음은 아빠도 지긋지긋했을 나의 뒷바라지가 끝났고, 나도 가끔 아빠에게 용돈을 건넬 수 있어서 나름 으쓱했던 시기였다. 내가 장사를 시작하고 나니 아빠에게 조언을 구할 일들도 많아졌다. 그때부터 나는 아빠에게 종종 전화를 걸기 시작했다.

"여보세요. 아빠."

"어, 그래, 요새 물건은 좀 많이 팔리냐?"

장사 선배였던 아빠의 첫인사는 항상 이랬다. 아빠도 처음에는 나의 창업을 반대했지만 회사를 다니며 투잡으로 끈덕지게 장사를 하다 결국 자리를 잡은 것을 보고 꽤 대견하게 생각했던 것 같다. 나는 주로 손님을 대하는 태도, 서비스 마인드, 한 해 한 해 지나며 다음 연도의 큰 그림을 어떻게 잡아야 할지 아빠에게 조언을 구하곤 했다. 질문은 늘 비슷했고 아빠의 대답은 한결같았지만 아빠와 나의 '질문과 대답' 시간은 점점 길어졌다. 아빠와의 대화시간은 늘 불편한 상사와의 자리처럼 피하고 싶은 것이었는데 한두 마디 늘리다 보니 이야기가 자연스러워졌다. 나는 질문거리가 많았고 아빠는 아빠 이야기를 하는 것을 좋아하셨다. 매우 평범한 대한민국의 아버지였던 것이다. 여전히 딸의 이야기가 궁금하다기보다 본인의 의견을 말하는 것을 좋아한다. 미주알고주알 이야기할 수 있는 엄마와는 대화법이 사뭇 다르다. 아빠는 이야기를 재미나게 하는 편이라 나도 아빠가 하는 이야기하는 것을 듣는 것이 즐거웠다. 특히 아빠가 잘 알 만한 것들을 물어보면 더욱 신명나게 대답해 주었다. 온라인으로 사업을 하는 것은 어린 내가 더 나을지 몰라도 오프라인에서 발로 뛰는 일은 절대 아빠를 따라갈 수 없다. 가게 계약을 하기 전에 어떻게 점포를 선택했는지, 며칠 동안 엄마와 차 안에서 대기하며 낮이고 밤이고 가게 주변의 유동인구를 관찰했다는 등의 이야기는 어디 가서 들을 수 없는 산 경험이라 이렇게 아빠와 대화를 한 날에는 다이어리에 요점을 적어두기도 했다. 이러니 전화통을 한 번 붙잡으면 30분, 1시간이 금세 흘러가는 것이다.

내가 아직 어릴 적에 아빠가 어떻게 첫 회사를 선택하게 되었는지 어떻게 지금의 회사로 옮기게 되었는지 들은 적이 있다. 어릴 때 우리 집에는 오토바이가 한 대 있었는데 오토바이를 타면 아빠와 엄마 사이에 폭 끼어서 다니곤 했다. 어느 한 유년시절에는 유난히 자주 멀리 여행을 다녔던 것이 기억난다. 그때 아빠는 이직을 준비하며 앞으로 어떻게 살아야 할까 싶어 엄마와 나를 태우고 삼천포로, 고성으로 돌아다녀 보았다고 한다. 아빠는 건설회사에서 일을 하고 있었는데 문득 몸으로 하는 일은 나이가 들고 난 후까지 오래할 수 없을 거라는 생각이 들었기 때문이었단다. 아빠는 안정적으로 오래 다닐 수 있는 좋은 직장 하나 갖게 해달라고 기도했다. 지금처럼 인터넷으로 정보를 얻을 수 없으니 직접 가 보고 눈으로 보아야 알 수 있는 시절이었다. 앞으로의 살아갈 날을 고민하며 오토바이를 내달렸을 아빠 등에 매달려 콧바람을 쐬던 나는 낯선 곳을 여행하며 점빵에 들러 빵빠레 하나를 얻어먹는 것이 마냥 즐거웠다. 낯선 도시를 정처없이 다니며 고민하던 때에 이력서를 넣어 놓은 지금의 회사에서 전화가 왔다고 한다. 그리고 그 회사에서 정년퇴직을 할 때까지 쭉 다니게 되었다.

할머니와 통화를 하며 이 이야기를 했더니 훨씬 전의 이야기를 해주었다.

"그때 당시 느그 아빠 취업 안 돼 갖고 엄청 고생했다 아이가."

내가 태어나기도 전인 1980년 즈음이다. 아빠가 서울에 자리를 잡아 보겠다고 당시 거금인 15만 원을 들고 올라갔다가 홀랑 다 쓰고 내려와 할머니와 악다구니를 쓰며 싸우고 집을 나갔다고 한다. 할머니는 도망가는 아빠의 등 뒤로 빗자루 몽둥이를 던졌다고 했다. 아빠 나이 겨우 스물네 살 때 일이다.

젊었던 아빠는 나와 비슷한 시기에 나와 비슷한 고민을 했던 것 같다. 난 잘 모르지만 아빠도 한때 청년이었다. 나는 늘 성공한 사람들 이야기를 즐겨 들었다. 다들 젊었을 적 고생을 하고 고난을 이겨내고. 각고의 노력 끝에 지금의 자리에 올랐다고들 한다. 그런데 사실 누구나 젊었을 한 때 고생을 하고 노력을 하고 고민을 하는 시기가 있다. 어렸을 적엔 몰랐던 부모님의 이야기를 이제 와서 알게 되니 안쓰럽고 짠하다. 내가 취업이 되지 않던 20대 때 아빠가 사방으로 일자리를 알아봐 주려 애쓴 적이 있다. 팔도를 돌아다니며 혼자 고민하던 어릴 적 아빠의 모습과 꼭 같아서 그토록 나를 챙겼던 것일까. 나에게 멘토가 되어줄 수 있는 사람은 어쩌면 낯선 누군가가 아닌 우리 부모님이 아닐까? 누구보다 나와 비슷한 유전자를 가진 부모님이 했던 경험을 듣는 것이 아무 공통점도 없는 다른 사람 이야기를 듣는 것보다 와닿을 때가 있다. 뭔가 물꼬가 탁 트이지 않았을 때, 열심히 일하다 슬럼프가 심하게 찾아올 때 종종 아빠에게 전화를 걸어본다. 해결책이 아닌 넋두리일지라도 아빠 말을 듣다 보면 어쩐지 내 안의 답을 찾게 된다.

지금은 이해할 수 있는 아빠의 무모한 도전

〈브레이킹 배드(Breaking Bad)〉라는 미국 드라마가 있다. 화학 천재인 월터 화이트는 고등학교에서 화학을 가르치는 선생님이다. 그런데 어느 날 폐암 3기 선고를 받는다. 뇌성마비인 아들과 곧 태어날 딸을 두고 고민하던 월터는 옛 제자를 만나 마약을 만들기로 결심하는데, 과연 화학 천재라 완벽하게 질 높은 마약을 만들어낸다. 한 번 흡입하기만 해도 효과가 큰 마약 덕분에 어마어마한 금액을 벌어들이지만 마약 세일즈가 보통 장사처럼 고만고만하겠는가. 죽을 고비를 여러 번 넘겨 번 돈으로 자신의 병원 치료비를 내고 남은 가족들과 아이들의 학비까지 쟁여놓는데 결국은 아내에게 이 사실을 들켜버리고 만다. 범법을 저지른 남편을 용서할 수 없는 아내는 결국 월터에게 이혼할 것을 요구한다. 가족이 자신의 모든 것이었던 월터는 아내에게 이 모든 것이 아내와 자식들을 위해서 한 것이었음을 설명하지만 아내와의 엇나감은 심해져만 간다. 주인공 월터는 점점 더 무분별하게 여러 사람들을 해치고 결국 아들을 포함한 모든 가족에게 내팽개쳐진다. 인생의 중심이었던 가족을 잃지만 그가 저지른 모든 악에는 이유가 있다. 바로 남기고 갈 가족을 위해 다른 사람의 목숨을 앗아가며 최선을 다한 것이다. 내가 만일 월터의 아내였다면? 자식이었다면? 내 선택은 어땠을까?

아빠들은 다 그렇다. 언제 한 번 자기 자신을 위해서 온전히 살아본 적 있던가. 무엇을 해도 가족 생각을 가장 먼저 하는 것이 아버지라는 이름 석 자의 무게 아니던가. 살면서 아빠가 지독하게 미운 적이 있었다. 그 순간을 떠올려본다. 과연 아빠는 혼자만 잘 먹고 잘 살려고 그랬던 것일까.

내가 어릴 적에 아빠를 정말 이해할 수 없던 점이 하나 있었다. 주식 투자로 소위 한 방을 노리는 것 같은 모습이었다. 1990년대, 아빠도 역시 주식 시장에 줄을 섰다가 IMF 앞에 무너졌다. 분명 아빠가 잘못해서 빚을 지게 되었는데 엄마는 이상하게 그 흔한 바가지 한 번 안 긁는 것이었다. 나아가 아빠는 속상한 마음을 술로 풀었고, 주식 상황을 전화로 확인하다 애꿎은 전화기만 여러 차례 부수었다. 아빠가 전화를 부술 때마다 엄마는 새 전화기를 샀는데 처음에는 백화점에서 사던 것이 전자상가로, 나중에는 동네 마트까지 수준을 낮춰야 했을 만큼 전화기 폭행 사건은 잦았다. 드라마에서 아빠가 술을 먹고 들어와 아비규환이 되는 이야기가 남 일 같지 않았다.

'무슨 가장이 저래. 다른 아빠들처럼 돈을 많이 벌어오지는 못할망정 잃고 들어와서 저렇게 당당하다니! 돈을 못 벌면 인자하기라도 하던가. 진짜 너무하네.'

아빠라고 무뚝뚝해진 내 태도를 모를 리 없었다. 그즈음 나는 중학생에서 고등학생이 되어 더욱 예민해질 시기에 아빠와의 사이에 더 높은 장벽을 쳤고 아빠는 그런 내가 아마도 나보다 더 불편했을 거다. 엄마가 일을 하는 시간에는 집에 잘 들어오지 않았고 술 한 잔 더 걸치러 나가버리거나 집에 오더라도 입을 굳게 다물다가 잠자리에 들었다. 고등학교 시절에는 아빠 차를 타고 학교를 갔는데 등교를 하면서도 말 한 마디 없이 묵언수행을 했다. 내 학창 시절의 등굣길은 정적이 도는 차 안에서 라디오 소리만 울려 퍼졌다.

지금은 아빠와 얼굴을 볼 시간도 없고 대화를 나눌 시간도 없는데 함께 살며 보냈던 그 많은 시간 동안 나는 뭘 했나 싶다. 그렇지만 아빠도 앞길이 막막했던 그 시절, 속이 답답하기만 해서 아직 한참은 더 키워야 하는 딸과 무슨 대화를 나눠야 할지 몰랐을 것이다.

주식 투자로 집안 사정이 어려워진 후 결국 아빠는 밤낮으로 회사와 가게 일을 병행하며 식구들을 먹여 살리는 일을 게을리하지 않았다. IMF 이후 내가 용돈을 타서 공부한 세월이 12년이었다. 이 징그러운 딸 하나 제대로 키워 보려고 그래서 한 방이 필요했던 것이다. 하늘에서 돈이 뚝 떨어지길 바란 것도 무리가 아니었을 것이다. 그때 엄마는 알고 있었다. 아빠의 무모한 도전이 결코 아빠 자신을 위한 것이 아니었음을. 콩 내라 팥 내라 매일 뭔가를 해다 바쳐야 하는 딸들 때문이었음을.

내가 만일 〈브레이킹 배드〉 속의 자식이었다면, 아내였다면, 나는 가족을 위해 마약마저 만든 중범죄를 지은 아빠를 쫓아내려고 할까? 우리 엄마가 그랬듯 가장의 마음을 헤아려 줄 수 있었을까. 만일 내가 살인을 저지르고 돌아왔다고 해도, 우리 아빠는 나를 내치기보다 보쌈해서 도망갈 궁리를 먼저 할 텐데 말이다.

첫째의 억울함 VS
둘째의 고충

내가 일곱 살이 되던 해에 세상에서 가장 소중한 것이 생겼다. 동생이 태어난 것이다. 우리 집에 온 그 조그마하게 꼬물대는 생명체에 나는 완전히 반해버렸다. 갓 태어난 어린 동생은 눈코입이 오밀조밀하게 인형처럼 예뻤다. 동그란 눈을 깜빡거리며 누워 있는 것을 바라보기 시작하면 시간 가는 줄도 모를 지경이었다. 목욕을 시키고, 우유를 먹일 때에도 나는 뭐라도 하나 거들어 보려고 난리를 피웠다. 동생과 놀고 싶어 동생이 걷는 꿈을 꾸기도 했다. 동생이 처음 세 걸음을 걸었을 때 나는 호들갑을 떨며 그림 일기장에 일기를 썼다. 친구들과 노는 건 뒷전이었고 친구들과 놀러 나갈 때에도 동생을 데리고 다녔다. 친구들이 아기였던 내 동생을 한 번 만져보고 싶어 앞다툴 때는 얼마나 자랑스러웠는지 모른다. 그런데 동생은 내 눈에만 예쁜 것이 아니었나 보다. 부모님의 눈에도 막둥이의 커가는 모습은 보통 사랑스러운 것이 아니었을 것이다.

어느 때인가부터 나는 더 이상 어리광을 부릴 수 없었다. 맏이의 자리를 떠맡으며 동생에 대한 책임과 양보를 다해야 했고, 동생은 괜찮고 나는 안 되는 불평등한 일들이 많아졌다. 사춘기가 되어 갈수록 점점 그 강도와 내가 느끼는 서러움의 크기는 커졌다. 내가 사춘기였을 때 동생은 한창 귀여운 초등학교 저학년생이었고, 동생의 한 마디 한 마디에 부모님은 까르르 넘어갔다. 내가 초등학교 저학년일 때에는 아기였던 동생 때문에 이미 다 큰 아이 대접을 받았는데 말이다. 공부하라고 내 방에 격리된 나는 밤마다 거실에서 나를 뺀 가족들이 알콩달콩 이야기하는 소리를 들으며 외로움을 삼켰다. 아무 이유

없이도 서운하고 섭섭한 사춘기 시절에 동생은 나의 모든 원망을 받는 대상이었다. 심술을 부리고 신경질을 내고 때리기까지 했다. 사랑의 매라며 말이다. 동생은 나와 둘이 있는 시간을 점점 싫어하게 되었다. 그 누구도 내 마음의 상처가 동생에 대한 편애에서 비롯된 것이라고 생각하지 못했다. 첫째로 태어난 것은 어찌 보면 억울한 일이다. 요즈음 엄마들이 이런 고민을 인터넷에 올려놓은 것을 보았다. 첫째가 섭섭하지 않게 하려고 노력해 보지만 둘째가 태어나고부터는 첫째가 걸리버같이 보인다고 말이다. 동생과 나는 나이 차이도 여섯 살이나 났으니 아마 부모님이 마주한 나는 정말로 걸리버처럼 느꼈을지도 모른다. 게다가 처음 부모가 된 서투른 부모님의 실수를 정면으로 받아야 하는 사람도 나였다. 둘째는 모든 것이 유연해진 다음이라 나보다 편했던 것이 사실이다.

그런데 둘째도 고충이 많았던 것 같다. 동생이 말하길, 늘 부모님의 관심은 언니인 나였다고 한다. 집안 어른들도 언니만 챙기고 둘째는 공부 잘하냐는 말조차 물어봐 주지도 않았다고 했다. 크고 나서 생각해 보니 우리는 서로 질투했던 것 같다. 그런데 내가 언니라 힘이 더 세니 동생을 구박했던 것뿐이다. 나는 늘 부모님의 기대를 한 몸에 받았다. 아빠도 늘 동생이 아닌 내 자랑만 하곤 했다.

동생에게는 성적에 대한 압박은 없었지만 그 대신 기대조차 없었다. 초등학교 때 뭘 자꾸 깜빡하는 덜렁거리는 동생 성격을 보고 아빠는 동생을 '꼴통'이라고 불렀다. 성급하게 지은 별명이었다. 그러며 큰딸은 공부를 시키고 작은딸은 놀게 내버려두라고 했다. 그 압박을 못 이긴 나는 결국 공부를 열심히 하는 대신 운동으로 전향했고, 아빠의 잘못된 기대를 배신하고 싶었던 동생은 꼴통이라는 말에 도리어 자극을 받아 공부에 몰두해서 그토록 원하는 대학교에 들어갔다. 독한 것. 내 동생 같은 아이를 두고 원래 둘째가 독하다는 말이 나온 모양이다. 그 독함은 어리광을 부리고 싶었던 내 욕구만큼이나 인정받고 싶은 둘째의 욕구에서부터 비롯된 것이었다. 장자에 대한 편애가 심했던 옛 시절엔 더했을 것이다.

어릴 땐 몰랐다. 남의 떡이 커 보이는 것처럼 동생만 모든 사랑을 독차지한다고 생각했으니 말이다. 어렸던 나는 내 입장만 생각했던 것이다. 생각해 보면 안타깝다. 내 등쌀에 시달리느라 동생은 얼마나 고달픈 유년기를 보냈을까. 그 와중에 동생은 언니의 비위를 맞추려고 말도 많이 걸고 친해지려고 노력을 많이 했던 것 같은데 그 모습이 흡사 아빠와 나와의 사이를 보는 것 같아 더욱 마음이 아팠다. 아빠도 퉁명스럽게 대했던 나에게 얼마나 미안한 마음이 많았을까. 커서 종종 느끼는 아빠의 애정 어린 행동이 동생에게 보상해주고 싶은 내 마음 같이 느껴질 때가 있다. 그나마 다행한 일은, 가족들이 함께하는 세월이 길어서 서로 서운했을 시절을 보상해 줄 수 있는 시간이라도 있다는 것이다. 아직 우리에게 서로 더 잘할 수 있는 시간이 남아서 그나마 다행이다.

우리는 부모님의
청춘을 먹고 자란다

부모님 집에 내려가면 집이 분주해진다. 아빠는 내가 도착하는 시간에 맞춰 퇴근 시간을 조정하고, 엄마는 아무리 대충 먹자고 해도 장을 푸짐하게 봐 놓는다. 내 이부자리도 준비되고 잠옷도 깨끗이 세탁해 놓은 상태다. 집에 워낙 짧게 머물다 가니 엄마는 다른 일정을 일부러 취소하고라도 나와 시간을 보내려 노력한다.

소파에 기대어 티브이라도 보려고 하면 내가 기대고 있는 쿠션이 높으니 보조 쿠션을 끼우는 게 낫겠다고 하고, 마룻바닥에 앉아 있으면 방석을 깔거나 이불 위로 올라오라는 둥 나의 일거수일투족에 부모님이 교대로 간섭을 하는 것이 다반사다. 과일을 깎아 먹을 때도 포크까지 찍어서 내 손에 쥐어 주니 세상에 어디 가서 이런 공주 대접을 받아볼까 싶다. 그렇지. 나는 아빠 엄마의 공주였지. 여느 집 자식이든 자식이 그 집안의 서열 1위가 되는 일이 그리 특별한 일은 아닐 것이다.

부모님의 평생을 생각해 보면 나만을 위해 하루를 온전히 쓴 날들이 참 많았다. 중요한 시험을 치르는 날에는 며칠 전부터 함께 컨디션 조절을 해 주며 시험날 아침에는 나보다 더 빨리 눈 떠 뒤치다꺼리를 해주었다. 시험을 볼 때면 한 시간 한 시간 끝날 때마다 시계를 보며 마음 졸이고, 시험이 끝나면 고생했다며 따뜻한 저녁밥을 차려 주었다. 집안의 주인공은 언제나 나였다.

지금도 서울 집으로 다시 돌아오려면 엄마의 손발이 얼마나 분주한지 모른다. 하나라도 더 챙겨주려고 주섬주섬 담는데 화장품부터 식기들, 영양보조제, 스카프 한 장까지 더 못 챙겨줘서 안달이다. 내 짐 가방도 엄마가 손수 정리한다. 그래서 요즘은 아예 바퀴 달린 여행 가방을 꼭 끌고 가는데, 갈 때는 빈 수레가 요란하게 울리지만 올 때는 늘 터질 것 같이 빡빡하게 채워진다. 바퀴가 달렸지만 유자차나 참기름과 같은 무거운 것들이 잔뜩 든 가방은 끄는 것도 버겁고 난간을 오르내릴 때, 택시를 타고 내릴 때 이것을 들었다 내렸다 하며 서울 가는 여정이 만만치 않다. 여기에서 끝이 아니다. 종종 짐이 많을 때는 택배로도 보내준다. 택배를 받아보면 완충제를 하려고 수건이며 행주 등을 빼곡하게 끼워 넣어 놓은 모습에 눈물샘이 터지기도 한다.

얼마 전에는 부산에서 강의할 일이 있었는데 엄마가 강의하는 것을 보고 싶다고 해서 함께 다녀왔다. 무척 더운 여름날이었다. 그날 엄마는 하루 종일 나의 매니저 역할에 여념이 없었다. 강의하고 온 사람은 나인데, 집에 돌아온 후 엄마가 먼저 쓰러져 잠들었다. 아주 어릴 적 연극 공연을 한 적이 있는데 그날도 엄마가 새벽부터 내 머리를 스프레이로 고정시켜주니, 화장을 해주니, 부지런을 떠시더니 나보다 먼저 잠들던 기억이 난다.

하지만 우리 엄마는 별로 극성스러운 축에도 못 끼는 엄마다. 딸이 서울에 있다고 해도 일 년에 한 번을 와 보지 않거니와 무소식이 희소식이라며 종종 연락 없이 한참을 지낼 때도 많다. 특히 내가 학교를 다닐 때는 선생님 면담을 가장 두려워해 학교 근처에 그림자도 안 비치던 엄마였다. 이런 '쿨한' 우리 엄마조차도 이렇게 하루 종일 나를 위해 보낸 시간을 모으면 엄마의 청춘이 되어 버리는데, 보통의 엄마들은 얼마나 많은 시간을 자식에게 끝없이 희생하는 것일까.

아빠의 젊은 날을 생각해 보면 적성과 취향에 맞게, 꿈을 위해서 일을 했던 것이 결코 없었다. 단지 돈을 벌기 위해서 이 일 저 일 닥치는 대로 했다. 우리 아빠는 정말 당신의 모든 시간을 돈 버는 데에만 썼다. 그리고 자식 교육에 아낌없이 몽땅 쏟아부었다. 아빠의 인생을 되돌아보면 특별한 것이 없다. 가족을 위해 회사를 다니는 사람일 뿐이었다. 아빠가 휴대전화를 사용하게 되면서 메신저의 별명을 '나만의 색깔'이라고 써놓고 도통 다른 것으로 바꾸지 않고 있다. 정작 아빠가 원하는 색깔은 미뤄두고 일생을 가족들이 원하는 색깔로 살아온 것을 가족들도 모르는 건 아니다.

부모님에게 진 가장 큰 빚이 있다. 바로 부모님의 청춘을 먹고 자란 것이다. 아빠, 엄마의 수많은 시간과 돈은 다 나를 위해 쓰였다. 그 세월을 어떻게 갚을 수 있을까. 내가 무얼 한다고 부모님의 흐른 세월을 되돌릴 수 있을까.

살다 보면 못 해 먹겠다 싶은 일도 많고 살기 버겁다는 생각이 들 때도 있다. 이 모든 것을 참아내고 삼십 년 넘게 반복되는 회사 생활과 반복되는 육아를 견뎌 온 부모님이 존경스러울 뿐이다. 이불 밖조차 위험한 이 험한 세상에서 지금까지도 물심양면 좋은 것만 구해다가 나를 위해 아낌없이 쓰니 그 힘으로 나도 굳세게 살아갈 수 있는 것이다. 그러니 응당, 아빠, 엄마에게 잘 해야겠다는 생각을 하지 않을 수 있겠는가.

커피 한 잔의
여유

고등학생이 된 후 엄마에게 혼난 적이 있다. 휴대전화 요금이 너무 많이 나온 것이다. 휴대전화라는 것이 갓 등장했을 때인데 학생들이 쓰는 휴대전화 기본요금은 1만 원 초반으로 2G 플립폰, 폴더폰을 쓰던 시절이었다. 월정액으로 통화는 30분 무료, 문자는 1백 건이 무료라서 하루에 1분 이상 통화를 하면 안 되고, 3건 이상 문자를 하면 안 되는 것이 또래 친구들 사이의 불문율이었다. 그런데 내가 무료 요금을 너무 초과해 버린 것이다. 지금 들으면 웃을 일이지만 요금이 무려 2만 7천 원이나 청구된 것이다. 등짝을 얻어맞았기 때문에 지금도 정확히 요금을 기억한다. 무료 문자 메시지를 모두 사용한 이후에는 문자 메시지 한 건당 30원씩 과금되었다. 그런데 문자 메시지를 무려 3백 건이나 사용한 것이다. 집 전화 요금은 기본료가 5천 원 안팎이었고 장거리 전화를 하지 않는 이상 전화요금은 1만 원이 넘지 않는 것이 상식인데, '휴대전화 요금 폭탄'을 맞은 것이다. 난생처음으로 휴대전화라는 것이 생겼으니 이 작은 기계를 가지고 있는 친구들끼리 얼마나 하고 싶은 말이 많았으랴. 하루에 무료 문자 3통이라는 것은 너무 쩨쩨한 양이었다. 나도 무료 문자 수를 초과한 순간부터는 조바심을 내며 80자 글자 제한 수에 맞춰서 띄어쓰기도 몽땅 생략한 채 경제적으로 문자 한 통 한 통을 엄청 눈물겹게 썼단 말이다. 엄마에게 혼난 후 방에 들어가서 쾅 하는 소리를 내며 문을 닫으니 눈물이 찔끔 났다. 아, 응답하라 나의 2001년.

엄마는 지독한 짠순이였다. 요리를 할 때에도 참기름 한 방울, 고춧가루 한 스푼까지 아껴서인지 젊은 시절 엄마의 요리는 결코 맛있다고 할 수 없었다. 이모들이 이런 엄마를 놀리기도 했다. 엄마가 손이 커서 요리를 푸지게 많이 한다든지, 엄마 요리가 세상에서 제일 맛있어, 하는 스토리는 늘 남의 집 이야기였다. 셀로판 테이프를 많이 쓰거나 사인펜이 빨리 닳아도 엄마에게 혼이 났다.

하지만 엄마라고 쓸 줄 몰라서 그 시절 그렇게 아꼈던 것이 결코 아니었다. 후에 엄마가 가게를 운영하는 사장님이 되었을 때는 엄마의 소비가 몰라보게 커졌는데 달라진 엄마의 모습에 나는 적잖이 놀랐다. 더 이상 엄마가 시장 가서 깎아 달라는 소리를 하지 않았고 백화점에 가서 마음에 드는 옷을 척척 사 입었으며, 갖고 싶은 건 갖고 살아야 한다며 고민도 하지 않고 내게 목걸이 세트나 예쁜 구두를 정가에 사 주었던 것이다. 나는 성인이 되고 나서도 근검절약이 몸에 배어 있어서 엄마의 화끈한 소비가 불편했고, 우리가 이렇게 막 쓰고 살아도 되는지 엄마에게 반문했다. 아빠는 성인이 되어서도 다른 집 딸처럼 꾸미고 다닐 줄도 모르는 수더분한 딸을 안타까워했다. 하지만 나는 그때 아무것도 없이 아끼며 살아도 사는 데 크게 문제가 되지 않는 '가난력'을 터득했으니, 앞으로 혹여 사업이 망하더라도 두렵지가 않다. 아껴 먹으며 재기를 도모하면 되기 때문이다. 그렇게 생각하면 어린 시절 힘들게 살았던 한 철쯤이야 그다지 억울할 게 없는 일이지 싶다.

내 사업을 시작하고 얼마 지나지 않아 경제적 여유가 팍팍했을 때 고급 커피점에 가서 5천 원짜리 커피 한 잔을 사서 마시는 것은 큰 사치였다. 5천 원짜리도 감히 못 사 먹고 제일 저렴한 아메리카노나 휘핑과 시럽이 최대한 절제된 카페라테를 먹는 것이 고작이었다. 항간에는 직장인이 무심코 마시는 하루에 한 잔 커피값 4천 5백 원이면 30년 후에 복리로 1억이 넘는 돈이 모인다는 커피 재테크가 유행했다. 이 대목에서 나는 직장인이 하루에 커피 한 잔을 무심코 마실 수 있다는 사실이 부러울 뿐이었다.

묵직한 스타벅스 머그잔에 맥심 모카골드 인스턴트커피 두 봉지를 털어 넣고 뜨거운 물을 부으며 문득 스친 기억은, 내가 어릴 적 IMF를 겪을 때 엄마가 커피 중에서도 제일 저렴한 브랜드의 커피믹스를 3분의 2씩 나누어 타 마시던 모습이었다. 한 봉지를 뜯어 3분의 2를 타 마시고, 남은 3분의 1과 다음 봉지의 3분의 1의 양을 조절해서 타고, 나머지 3분의 2를 털어 마시면, 2봉지에 3잔이 나오는 셈이 되었다. 엄마에겐 인스턴트커피 한 봉지도 제대로 마시지 못했던 것이 절약이었는데, 나는 내 인생 가장 가난하던 시절에 간도 크게 커피 두 봉지를 한 번에 타 마시며 더 비싼 커피를 못 마시는 것이 그렇게 아쉬워할 일이었나 싶다.

국밥
한 그릇

혼자 밥 먹는 것이 싫다. 삼시 세끼를 혼자 먹은 날은 더욱 그렇다. 혼자 산 지 벌써 15년째다. 어릴 적에는 홀로 밥을 먹으러 다니는 것이 멋쩍기는커녕 오히려 당당했는데 점점 나이가 들수록 친구도 가족도 없는 사람 같아 보여 식당에 앉은 엉덩이가 들썩거린다. 아무도 나를 신경 쓰지 않고 나와 전혀 상관없는 사람일 테지만 혼자 식당에 들어가서는 누구와도 눈을 마주치지 않으려고 휴대전화를 만지작거리거나 눈을 내리깔고 한 그릇을 겨우 비운다. 오히려 혼밥이 더욱 유행하는 시대가 왔음에도 요즘들어 혼자 밥 먹는 것이 익숙하지 않다.

식당에 가서 밥을 먹다 보면 혼자 앉아 뚝배기 그릇을 비우는 아저씨들의 뒷모습을 볼 때가 있다. 혼자 밥 먹는 사람 중 아빠 또래의 아저씨들이 가장 마음 쓰인다. 저 아저씨는 왜 혼자 식사를 하실까? 맛있게 드시고 계신가? 아마 그 아저씨는 혼자 식사를 하는 것이 아무렇지도 않았을 텐데 괜한 오지랖이다.

슈퍼마켓을 운영하던 그 시절의 우리 가족은 힘을 합쳐 열심히 일해서 우리도 한 번 잘살아 보자고 의기투합을 했다. 하루 12시간 넘는 노동을 하고, 집 안에 먼지 한 톨 날리지 않게 가사까지 완벽히 해내는 엄마도 그랬지만 아침 7시에 출근해서 저녁 7시에 퇴근하고 근처 밥집에서 돼지국밥 한 그릇을 비우고 와서 엄마와 교대를 한 후 밤 11시까지 가게를 지키는 아빠도 그랬다. 나도 주말이나 방학이면 내내 슈퍼마켓에 붙어 있어서 동네 친구들이 나를 찾으려면 으레 가게로 찾아와서 얼굴을 디밀곤 했다. 슈퍼마켓은 문을 닫는 날도 없었다. 매년 명절마다 나는 할머니 집에 가는 것을 포기하고 가게에서 일을 했다. 명절에는 동네에 문을 여는 슈퍼가 없어 선물세트를 팔 수 있는 나름의 대목이었기 때문이다. 아빠가 투잡을 한다는 것은 취미처럼 돈을 벌면 좋고 아니면 마는 호락호락한 투잡이 아니었다. 그것은 피와 살을 깎는 매우 오랫동안의 끈질긴 노력의 결과물이었다. 뭘 하든 일단 손을 대었다 하면 제대로 해내고 마는 아빠였다.

아빠는 아주 오랫동안 혼자 저녁 식사를 했다. 물론 우리도 매한가지였다. 저녁이면 엄마가 끓여놓은 국과 밑반찬을 꺼내 보온밥솥에 있는 밥을 먹었다. 엄마는 아빠가 늦는 날이면 혼자 가게 한편에 자리를 잡고 밥을 먹다가 손님이 오시면 밥을 먹다 말고 계산을 한 후 다시 식사를 하곤 했다. 식사 시간은 늘 전쟁 같았고 어서 한 끼를 해치워야 하는 습관에 불과했다. '식사 시간을 여유 있게'라는 말은 진짜 여유 있는 집의 일이었던 것이다.

나는 운이 좋은 사람이다. 노력해도 안 되는 사람이 얼마나 많은데 노력한 만큼의 결과가 정직하게 주어졌으니 나만큼 운이 좋은 사람이 어딨을까. 그런데 나의 이 운의 밑천은 바로 아빠 혼자 쓸쓸히 먹었던 10년간의 국밥 한 그릇이었다고 믿는다. 부모님의 노력과 정성이 나와 동생이 겪어야 했던 힘듦을 대신한 밑바닥이 되어주었다. 그랬기에 하고 싶은 공부에 전념할 수 있었고 오랫동안 엄마의 신용카드를 사용하며 돈보다는 꿈을 좇아 '적성에 맞는 일'을 찾아 나설 수 있었다. 그런데 아빠는 과연 적성에 맞아 회사를 다녔던가. 그렇다면 슈퍼마켓 운영이 아빠의 적성이었던가.

이제는 나와 동생 모두 안정적으로 일을 하고 먹고살 걱정을 덜었으니 밤잠 못 이루는 일이 줄어들었다는 아빠. 젊을 적보다 지금이 훨씬 편하고 행복하다는 아빠. 국밥 한 그릇으로 한 끼를 때우던 아빠가 이제는 매일같이 엄마가 차려주는 따뜻한 밥상에서 편안한 식사를 하면 좋겠다.

3천만 원
모았니?

첫 책을 낸 후 가장 기뻐했던 사람은 아빠다. 완성된 원고가 책으로 출판되기도 전, A4 용지에 제본된 원고를 아빠에게 보여주었다. 내가 책을 낸다고 하니 왜 사서 고생을 하냐며 일하는 것만으로도 벅찰 텐데 괜한 수고 하지 말라던 아빠였다. 하지만 빼곡하게 글만 쓰여 있어 읽기도 불편한 그 원고를 아빠는 네 번이나 읽었다고 한다. 연신 감탄을 하며 말이다. 다른 고슴도치 아빠들처럼 우리 아빠도 내가 최고인 줄 안다.

첫 책을 낸 후 정말 많은 일이 있었다. 회사의 규모가 많이 커져 두 번이나 사무실을 이전하고 새 창고를 계약했으며, 강의 또한 늘어난데다 집도 이사를 했다. 이 모든 것이 휘몰아치듯 일어난 일이라 하루하루 전쟁 같이 살았다. 그런데 아빠가 자꾸만 묻는다.

"다음 책 언제 나오니?"

다음 책에는 아빠 이야기를 많이 쓰고 싶다는 나의 말에 아빠가 은근히 기대했던 것일까. 아빠는 그다음에 만날 때도 또 물었다.

"책 준비하고 있다는 건 어떻게 되어가고 있니?"

회사 일이 바쁘다는 나의 대답에도 또 다음에 만날 때면 어김없이 물었다.

"책은 곧 나오니?"

덕분에 잠시 느슨해졌던 마음을 다잡고 다음 책을 기다리는 나의 첫 번째 독자를 위해서 빈둥거리는 대신 노트북을 싸매고 카페로 향하는 주말이 많아졌다.

첫 책을 낸 것도 아빠 덕분이었다. 사회 초년생 시절, 1억 원을 만들었던 이야기인데 나는 내가 1억 원이라는 돈을 모은다는 것이 현실에서 가능한 것인지도 잘 몰랐다. 장사가 자리를 조금 잡은 후에 아빠에게 희망사항처럼 "1억 원 한 번 모아 볼게요"라고 한 것이 화근이었다.

아빠의 인생에 낙이 몇 개 있다면 야구 시즌 기다리는 것, 낚시 철에 물고기를 한가득 잡아 오는 것, 그리고 딸들에게 희소식을 듣는 것이다. 당시 나는 북경체육대학교를 졸업하고 한국에 와서 딱히 할 일도 없었고, 들어갈 만한 회사도 마땅치 않아 굉장히 불안정하던 시기였다. 하지만 비상한 재주가 한 가지 있었으니 그것은 바로 '근검절약하기'였다. 혼자 서울에 나와 살고 있으니 아빠가 불안할까 하여 "2천만 원 모았어요"라고 말한 순간부터 아빠는 내 통장 잔고를 무척 궁금해했다.

"3천만 원 모았니?"

"네. 3천만 원 넘었어요."

그러면 아빠가 기뻐하셨다.

"4천만 원은 넘었니?"

"네. 4천만 원 넘게 모았어요."

그러면 아빠가 더욱 기뻐하셨다. 돈을 모으는 것은 어렵지 않았다. 천만 원을 만든 것과 똑같이 몇 번을 하니 통장의 잔액은 더도 덜도 말고 정직하게 불어났다. 그리고 단 3년 만에 1억 원을 만들 수 있었다. 창업 강의를 나갈 때마다 이 이야기를 에피소드처럼 들려주었더니 수강생들은 '온라인에서 판매하기'와 같은 형식적인 강의 대신 이런 비하인드 스토리를 더 좋아했다. 수업이 끝난 후에도 "그래서 어떻게 되셨어요?"라며 따라오며 묻는 사람들이 많아지자 급기야 책 출판까지 구상하게 된 것이다.

아빠는 평소에 나에게 결코 '사랑한다', '좋아한다'고 표현할 줄 모르는 경상도 아빠다. 하지만 내가 칭찬받을 만한 일을 하면 격하게 기뻐해 주었고, 어디 가서 딸 자랑도 많이 하는 편이라 나는 그럴 때마다 내가 사랑받고 있다는 것을 충분히 느낄 수 있었다. 더욱 칭찬받고 싶었고 이렇게 아빠가 기뻐하는 모습을 보는 것 자체가 나의 큰 낙이었다. 이런 아빠의 기대를 먹고살았기 때문에 어릴 때부터 부모님과 떨어져 살아도 스스로 마음을 다잡고 느슨해지지 않게 열심히 살 수 있었다.

어쩌면 아빠의 지나친 관심과 기대로 비뚤어질 수도 있었을 텐데 곰곰이 생각해보면 아빠는 단 한 번도 아빠의 욕심을 나에게 강요한 적이 없고, 마치 아무 기대도 하지 않은 듯 친구처럼 나의 목표를 궁금해했으며, 내가 내 목표를 설정하고 삶의 방향을 잡아갈 수 있도록 질문과 응원을 무한 반복해주었다. 다독여주고 채찍질해주고 기대해주는 아빠 덕분에 '올해는 어떤 새로운 일을 해볼까?', '이걸 성공시키면 아빠가 참 좋아하겠다' 하고 생각하며 스스로 삶의 방향을 잡아간 것이다. 내가 살아가는 방향의 팔 할은 아빠의 힘이지 않았나 싶다.

배를 한 척 살 수 있을까

얼마 전 책을 읽다가 이런 구절이 있기에 적어 놓았다.

'배는 사면 기쁘고 팔면 더 기쁘다.'

어떤 것을 보든지 자신이 관심 있는 부분만 와 닿는 것 같다. 배를 사고파는 일이 대부분의 사람들에게는 크게 신경 쓸 일일지는 모르나 배 한 척을 사는 것이 소망인 아버지를 두고 있는 나에게는 분명 머리를 때리는 말이었다. 당장 아빠에게 메시지를 보내 이 말을 전했다.

"한 대 사 주면 두 번은 기쁘겠네."

아빠가 대답했다. 이런 뻔뻔함이 내 아빠의 매력이랄까. 갖고 싶은 것이 집도 아니고 차도 아니고 배라니 원래부터 자신만의 색깔이 분명한 분이기는 했다. 나는 이런 아빠의 꿈을 지지한다. 나도 아빠도 기회를 보고 있다. 언젠간 우리는 배 한 척을 살 것이다. 배를 사서 뭘 하느냐는 엄마의 핀잔을 우린 귓등으로도 듣지 않는다. 살면서 나를 가슴 뛰게 하는 일이 몇 가지나 있을까. 배 한 척을 사서 내 마음대로 고기를 낚으러 다니고 싶다는 아빠 소망을 들어주는 데 조금 과한 지출을 해야 한다 하더라도 아깝지 않다. 그냥 사 주고 싶다. 내가 더 사고 싶다. 배 한 척 몰고 다니는 근사한 아빠라니 빨리 보고 싶다.

사실 중고로 판매하는 배 한 척이 천문학적으로 비싼 것은 아니다. 배를 팔아 기쁜 어느 누군가가 저렴한 값에 내어놓은 좋은 배도 많기 때문이다. 하지만 배를 산다는 것은 휴대전화를 산다든지 옷을 사는 것처럼 간단한 일이 아니다. 배를 정박할 수 있는 항구를 가지고 있거나 없다면 임대료를 내고 사용해야 하며 녹이 슬지 않게 꾸준히 관리해 주어야 한다. 무엇보다 자주 배를 타고 놀아야 본전 생각이 나지 않을 것이다. 하지만 아빠가 돌연 한 회사에 스카우트되는 바람에 배를 타며 신선놀음을 하는 아빠의 은퇴 후 계획은 조금 어긋나 버렸다. 몰래 중고배 판매 사이트를 훔쳐보던 나는 방향을 선회해 자동차를 알아보기 시작했다. 부모님이 10년도 넘게 탄 차가 한 군데씩 말썽이라는 얘기를 들어서였다. 아빠는 여전히 출퇴근을 해야 하는 직장인이니 새 차로 바꾸면 좋지 않을까 싶었다. 배와 견주자니 자동차는 금액도 저렴해 보이고 게다가 10년 할부까지 된다고 하니 부담이 훨씬 덜했다. 혼자 이 차 저 차 비교해보며 색상까지 골랐는데 또 퇴짜를 맞았다.

마침 때는 코로나19로 전 세계 경제가 난리통이었다. 내가 직장인처럼 월급을 꼬박꼬박 받는 직업도 아니면서 이 어지러운 시기에 차를 사 준다는 것이 못내 걸리셨던 모양이다. 10년을 일했는데 몇 달 상황이 어렵다고 아무것도 못 살 정도겠냐며 걱정을 덜어드리고 싶었으나 부모님 마음은 또 그게 아닌 모양이다.

차를 사지 못하게 '또' 퇴짜를 맞았다는 말은 이번이 처음은 아니라는 것이다. 몇 해 전 부모님 환갑을 기념해서 차를 바꿔 드린다고 했다가 아빠가 노발대발해서 괜히 좋은 일 하려다 욕만 듣고 말았다. 아빠는 애 같지 않은 내가 가끔 부담스럽다고 했다. 나도 곧 마흔 살인데 말이다. 부모님이 선물을 받을 때는 기쁨의 마지노선이 있는 것 같다. 스카프 같은 액세서리 하나 사 드리면 정말 좋아하며 기쁘게 받는다. 용돈도 10만 원이면 부담 없이 받는다. 나와 식사를 하러 가면 식구들 그 누구도 지갑을 가지고 가지 않는다. 당연히 내가 살 줄 아는 것이다. 식사 한 끼 정도는 기분 좋게 드시는 것 같다. 그마저도 가격이 좀 비싸지면 아빠가 미간에 주름을 잡으며 심각한 어투로 아빠가 계산을 하겠다고 한다. 내가 얼마나 여유로워야 눈치 보지 않고 선물을 할 수 있을까.

선물을 마다하는 부모님 마음이란 게 이런 것일까. 공짜로 하늘에서 뚝 떨어지는 선물이라면 거절할 리 없겠지만 자식이 고생해서 돈을 벌었단 것을 알기에, 이 선물을 사면 자식이 원하는 것을 사지 못할 거라는 생각 때문에 어린아이 손에서 과자를 뺏어 든 것 같은 기분일 것이다. 그러니 부모님에게 힘들다는 얘기를 하지 말아야 하는 것이다.

나는 언제쯤 배를 한 척 살 수 있을까. 언제쯤이면 아빠한테 배 한 척을 사 드릴 수 있을까. 어릴 적에 내가 원하는 걸 가졌다고 좋아서 팔딱팔딱 뛰면 아빠는 기뻐하셨다. 머지않은 미래에 멋진 이름을 새긴 배를 타고 바다를 가르는 아빠를 보며 나도 펄쩍펄쩍 뛰며 기뻐해 보고 싶다.

맞아요,
우리 아빠는 자상해요!

아빠 생각이 특히 많이 나는 요즘이다. 중학생 딸을 키우는 대학 선배가 있는데 아빠로서 딸과의 관계에 대해 푸념할 곳이 없으면 나를 찾는다. 위로해 주어야 하지만 내게는 아이가 없어서 그런지 어른이 아닌 아이 입장에 감정이 이입되어 마치 선배의 딸이 된 마냥 선배에게 딸 입장을 대변한다.

선배는 딸 앞에서는 제대로 표현도 못하면서 뒤에 와서 끙끙 앓는다. 선배가 큰맘 먹고 인터넷으로 딸의 립밤을 주문해 깜짝 선물로 보낸 적이 있다. 딸이 초등학생 때였으니 화장품류를 사 준다는 것 자체가 자칭 옛날 사람이라는 선배 입장에서는 큰 결심이었던 것이다. 생전 없던 깜짝 선물까지 했던 걸 보니 딸과 친해지고 싶어서 남모르게 고민을 많이 했던 모양이다. 그리고 다음 날, 또 다음 날에도, "애가 내 선물을 받은 것 같은데 왜 고맙다는 문자가 없지?"라며 고개를 갸우뚱했다.

한번은 출장을 다녀오며 딸이 갖고 싶어하던 스피커를 사 주었다고 한다. 캐리어에 선물을 넣어 오며 혹여나 포장재의 모퉁이가 찌그러지면 선물 받는 기분이 상하지는 않을까 하여 옷으로 선물을 꽁꽁 싸서 조심스레 들고 와 전달했더니 선머슴처럼 포장지를 북북 찢어서 "와, 좋네요" 하고선 한 번 듣고 내팽개쳐 버렸단다. 이 이야기를 전하는 선배의 말투가 점점 빨라지는 것으로 봐선 꽤 상처를 받은 모양이었다.

딸을 차에 태웠더니 조수석이 아닌 뒷좌석에 올라타서 대화도 없이 휴대전화만 만지작거린다며, 자기 방에서 문 닫고 지내는 시간이 많아 대화를 나누기 힘들다는 푸념이다. 어릴 적엔 그렇게 아빠를 찾았던 아이가 많이 변했다며 서운해하는 이야기 하나하나에 다 내 모습이 담긴 것 같아서 괜히 잘못한 사람처럼 손가락만 꼼지락거렸다.

우리 아빠도 나를 이렇게 키우셨을까? 한 해 한 해 변해가는 내 모습에 적응을 못하고, 어릴 적 아빠의 목말을 타고 아빠 입에 약봉지를 털어 넣어주던 시절을 떠올리며 서운하셨을까. 고등학생 때 아빠가 매일 차로 나를 학교에 바래다주었는데 뒷자리에서 귀에 이어폰을 꽂고 말없이 있는 나를 보고 선배가 그랬듯 똑같이 섭섭해했을 것 같다. 지금은 옆자리에서 종알종알 하루 종일 이야기할 수 있었는데 그땐 왜 그리 할 말이 없었을까. 무엇 때문에 아빠 앞에서 심통 난 표정을 하고 얼음처럼 차가운 척을 했을까.

돌이켜보면 아빠는 나에게 정말 노력을 많이 했다. '시내'라고 부르던 번화가도 일하는 엄마 대신 아빠와 처음 가 보았다. 월요일부터 토요일까지 일을 하고 일요일은 필사적인 힘을 내어 수영장이며 놀이공원에 데려가 줄을 서 주고 수영장에서 안전사고가 날까 싶어 내 튜브와 동생 튜브를 번갈아 잡아주던 아빠. 하릴없이 재래시장에 데리고 나가 여기저기 돌아다니며 먹고 싶은 것을 고르라고 하던 아빠였다.

하루는 아빠가 나와 동생의 손을 잡고 시장을 나갔는데 시장 아주머니가 우리에게 "아빠가 참 자상하시네. 아빠가 자상하신 편이지?"라고 물었는데 나와 동생이 둘 다 아무 대답을 하지 못했다. 다음 날, 엄마가 왜 시장 아주머니의 말에 대답을 하지 않았느냐며 아빠가 서운해했다는 말을 전했다. 커서 생각해보니 그때 내가 왜 그랬는지 알 것 같다. 겨우 일곱 살 아이였던 나는 자상하다는 말뜻을 이해하지 못했던 것이다. 그냥 아빠가 좋냐고 물어보았으면 "우리 아빠 최고예요!"라고 이야기했을 텐데 그 내막을 아빠가 지금도 아는지 모르겠다.

선배에게 이렇게 이야기해 주었다. 아빠가 자상한 분이냐는 말에 대답을 못했던 것처럼 딸내미의 행동에 너무 의미를 부여하고 서운해하지 말라고. 우리는 그래도 어른이라서 아이들 마음을 헤아릴 수 있지만 아이는 어른보다 덜 살았고 이해력도 부족하니 아이의 입장에서는 이해되지 않고 서러운 상황이 더 많을지도 모른다고 말이다.

부모님의 애지중지는 당시에는 깨닫지 못하고 나중에는 잊어버린다. 한 발짝 물러선 제삼자의 입장에서 선배를 보니 잊고 지냈던 젊은 시절의 아빠가 새록새록 떠오른다. 두 딸의 기분을 살피며 어떻게든 아이들이 웃는 모습 한 번 볼까 하는 아빠의 표정이 상상된다.

어느 날 예고 없이 부모님이 집에 쳐들어왔다

금요일 저녁이었다. 침대에 편히 누워 휴대전화를 만지작거리고 있었는데 엄마에게 카톡이 왔다. 내가 보고 싶다고 했다. 나는 나도 그렇다고 대답했다. 엄마가 날 보고 어디에 있냐고 물었다. 나는 침대 위에 누워 있다고 했다. 엄마에게 전화가 왔다. 문을 열어보라고 한다. 전화기 너머로 불안한 소리가 들린다.

'땡, 15층입니다.'

"엄마, 지금 내 집 앞이야?"

허둥지둥 문을 열었는데 어리벙벙한 정도를 지나쳤다. 이런 황당한 일이 없었다. 경남 창원에서 충북 음성까지 부모님이 차를 몰고 온 것이다. 스무 살에 출가한 이후로 17년 동안 부모님이 우리 집을 방문한 적은 단 네 번뿐이었다. 그러니 이번이 다섯 번째인 것이다. 여태껏 늘 고속버스나 KTX를 타고 와서 우리가 마중을 나가고 배웅을 하곤 했다. 그런데 이렇게 직접 찾아올 줄은 몰랐다.

집 앞에 와서야 전화를 하다니 정말 너무한 것 아닌가. 만일 내가 없었으면 어쩔 뻔했냐고 하니 비밀번호를 알려달라고 했을 거란다. 더 무서운 소리다. 아니, 최소한 마음의 준비라도 할 시간을 줘야 할 것 아닌가. 남자 친구라도 있었으면 어쩔 뻔했냐는 말에 엄마가 해맑게 "남자 친구가 있어도 집에 올 리는 없잖아"라고 한다. 어머니… 그러기엔 딸년의 나이가….

어릴 적에야 갑자기 방문을 해서 청소는 잘하는지, 잘 먹고 잘 사는지 감시를 한다지만 그러기에 나는 이제 어른이 아닌가. 게다가 부모님의 도움 없이 집이며 살림을 모조리 혼자 장만한 나에게 부모님도 엄연히 손님인데 이렇게 생경 맞게 방문하는 것은 딸에 대한 존중이 없는 것 아닌가. 갑작스러운 부모님의 방문에 급히 갈 식당을 알아보고 내일 일정을 어떻게 할 건지 계획하는데 슬슬 짜증이 밀려왔다. 게다가 다음 날은 취소도 할 수 없는 예약이 세 개나 잡혀 있어 부모님을 모시고 관광조차 할 수 없었기에 더욱 화가 났다. 자꾸만 본인들 신경 쓰지 말라고, 내일은 서울에 사는 동생 집에 방문을 해서 또 서프라이즈를 해 줄 거라는 말에 그러면 안 된다고 단호하게 말한 후 동생에게 부랴부랴 연락을 했다. 부모님이 15층 엘리베이터 앞에서 나에게 연락하고 집에 '쳐들어왔다'라고 하자 동생이 웃기다며 데굴데굴 굴렀다.

나는 매일 다음 날 할 일을 스케줄러에 체크하고 습관적으로 시간 단위로 할 일을 정해놓고 처리하는 편이다. 효율적으로 일을 하지 않으면 벌여놓은 일에 비해 처리할 수 있는 능력이 달리므로 바쁠 때는 여러 달 동안 친구 한 명 못 만나기도 한다. 그런 나를 알기 때문에 더욱 신경 쓰지 않게 하고 싶다는 엄마 말에 할 말이 없어졌다. 굳이 거실에서 이불을 깔고 주무시겠다고 하는 부모님을 안방에다 밀어 넣고 부모님이 잠든 모습을 보고 나니 힘이 쭉 빠졌다.

그런데 말이다, 잠시 화가 나기도 했지만 다르게 생각하니 모든 것이 감사했다. 무엇보다 자동차를 운전해 먼 길을 와 준 아빠, 엄마의 건강과 체력이 감사했다. 여행보다 반복되는 일상을 좋아하고 외박을 싫어하는 부모님이 딸을 보려고 나선 것도 감사했다.

다음 날 동생이 있는 서울을 한 시간도 넘게 달려서 다녀오는 것도 그저 감사했다. 앞으로 아빠가 몇 번이나 더 운전을 해서 멀리 있는 딸네 집에 급작스럽게 방문을 하실까. 예전에는 아빠가 경남에서 강원도까지 다섯 시간을 넘게 운전을 해도 당연한 것이었는데 어느 순간 나는 아빠가 무척 나이가 들었다고 생각했던 건지 운전을 장시간 하면 큰일 날 것처럼 생각하고 있었으니 이번 여행이 더욱 놀랍기도 했다.

동생 집에서 하루를 더 묶고 간다는 말에 마침 동생 집 근처에 석촌호수가 내려다보이는 호텔을 예약했다. 하루는 편하게 주무시고 가셨으면 하는 바람이었다. 아빠는 정색을 하며 싫어했지만 아빠 엄마가 언제 한 번 좋은 호텔에 묵어본 적이 있었나 싶어 밀어붙였는데 결론은 무척이나 만족하셨다는 얘기를 들으니 돈이 하나도 아깝지 않았다. 오히려 다음부터 부모님이 올라오시면 서울의 좋다는 숙소를 찾아 해외여행도 즐기지 않는 우리 가족의 여행을 호캉스로 대신해야겠다는 생각이 든다.

가족들이 주말에 만나 쉽게 밥 한 끼 먹는 거리에 살고 있다면 얼마나 좋을까. 막상 가까이 살면 또 자주 모이지도 않겠지만 안 하는 것과 못 하는 것의 차이는 다르다.

그래도 번갯불에 콩 볶아 먹듯 이렇게 가족들이 만나고 함께 자고 밥을 먹고 가니 참 좋았다. 그냥 지나가는 여러 날 중 참으로 오랫동안 기억에 남을 만한 날이었다. 그래도 이 황당함은 알려 드리고 싶다. 그러니까 다음부터 나도 집에 연락하고 내려가나 봐라.

궂은날이 좋아진 이유

올여름은 유독 비가 많이 왔다. 비 오는 날이 좋다는 사람도 혀를 내두를 정도로 연일 폭우가 멈출 줄을 몰랐다. 비가 지겨워질 즈음이 되어도 습함보다는 비 갠 후의 폭염을 더욱 두려워했다. 예상대로 비가 갠 후에는 아스팔트가 녹아내릴 정도로 더웠고 열대야에 밤잠을 설쳤다. 뉴스에는 연일 더운 날씨로 인한 사망소식 제보가 잇달았다.

나는 회사 이름을 프랑스어로 여름이라는 뜻의 '에떼été'로 지었을 만큼 사계절 중 여름을 가장 좋아한다. 태양이 열정적으로 내리쬐는 여름, 활기차게 물놀이를 하며 시끄럽게 웃고 떠드는 정열적인 분위기를 좋아한다. 반면에 겨울에는 내내 오돌오돌 떨며 지낸다. 깃털처럼 가볍다는 광고 문구가 무색하게 내게는 무겁고 두꺼운 롱 패딩 때문에 늘 미세한 두통도 달고 산다. 추운데 비나 눈까지 오면 더욱 우울해졌다. 외출도 일절 하지 않은 채 겨울이면 항상 움츠러들었다. 매년 추운 계절이 가고 따뜻한 계절이 오기를 기다리며 산다. 그래도 아주 어릴 땐 눈이 오길 손꼽아 기다리고 크리스마스를 보내는 낭만도 좋아했는데 곰곰이 생각해보니 나의 계절에 대한 편애는 엄마가 장사를 시작하고부터인 것 같다.

동네 슈퍼 장사를 하면 뜨거운 여름 낮에는 땀 뻘뻘 흘리며 시원한 음료수나 아이스크림을 덥석 집어가는 손님들이 많았고, 더운 밤이면 시원한 맥주를 들고 삼삼오오 공원이나 가게 앞 평상에 앉아 밤늦도록 노는 어른들이 있었다. 더운 날 밖에 나갔다 들어와서 음료수 냉장고를 열어 등허리의 땀을 식히는 건 슈퍼집 딸인 나만 누릴 수 있는 특권이었다.

여름에는 장사가 늘 바빠서 여름방학이면 엄마 옆에 찰싹 붙어 앉아 함께 가게를 봤는데 작은 동네 슈퍼 계산대에 두 줄이 늘어서면 손 빠른 계산으로 엄마를 돕는 일이 즐거웠다. 밤늦게까지 돌아다니는 사람들이 많아 새벽 한두 시까지 장사를 하는 날도 있었는데 문을 닫으려 하면 멀리서 반바지에 슬리퍼 차림으로 담배 한 갑만 사자며 달려오는 손님이 있었다. 가게에서 집까지는 걸어서 15분 남짓이었는데 엄마와 함께 느긋하게 집에 들어가는 길에 맥줏집에 들러서 엄마는 맥주를, 나는 사이다를 한 잔 들이켜고 가는 날도 많았다. 햇볕이 쨍할 때마다 더위를 피해 가게 안으로 뛰어오는 손님들. 오래도록 내가 느낀 여름은 이런 풍경이었다. 하지만 꽁꽁 언 겨울이 되면 여름보다 매출이 저조해졌다. 슈퍼는 20여 년도 더 된 오래된 상가 건물이었기 때문에 외풍도 많이 들고 추운 겨울에는 계산대의 양옆에 전기난로를 켜는 것이 난방의 전부였다. 추위를 많이 타는 나와 아빠는 가게에 들어서면 그 전기난로 하나 앞에 한참 서서 몸을 녹였다.

엄마 품을 떠나 유학을 가 있을 때에도 잠도 안 오는 밤, 가끔 부모님 생각이 사무칠 때가 있었다. 추운 날이거나 태풍이라도 몰아치는 때면 나는 종종 집 걱정에 베갯잇을 적시며 잠이 들곤 했다. 엄마가 손님이 없는 가게에 혼자 앉아서 '아이고 오늘은 왜 이리 손님이 없지' 하며 걱정하는 모습이 눈에 선했기 때문이다. 꽁꽁 언 날씨에 엄마가 가게 문을 닫고 퇴근하는 시간까지 잠이 못 들기도 했다. 내가 살던 북경의 칼바람보다 더 마음을 에는 것은 부모님 걱정이었다. 유학을 마친 나는 또다시 집을 떠나 혼자 서울살이를 하게 되었는데 북경이나 서울이나 겨울이 무척 춥기는 매한가지여서 가을부터 시름시름 가을을 타는 것이 버릇이 되었다.

떠돌아다니며 살다가 지금 정착한 곳은 시골이라 불러도 좋을 곳이다. 면사무소에서 전입신고를 하고 시내가 아닌 읍내에 나가서 필요한 것을 사 와야 했다. 인기 높은 전자상거래를 이용해도 빠른 배송은 지원되지 않는 곳이라 이틀 후에 주문한 물건을 받을 수 있다. 하지만 사계절의 변화가 뚜렷이 보이고 계절마다 장단점이 분명한 시골에 살다 보니 비 오는 날은 비 오는 날대로, 흐린 날은 흐린 날대로 날씨가 가진 표정들이 보여 비로소 사계절이 모두 아름답다는 것을 느낀다. 이제 내가 시골까지 와서 감수성도 풍부해졌구나, 드디어 꽃이 아름답다는 것을 느낄 나이가 된 걸까? 하지만 그게 아니었다. 생각해보니 겨울 공포증을 이긴 것은 바로 엄마가 일을 더 이상 하지 않아도 되었을 시점부터였다. 가난한 사람의 마음이 더 추운 것일까? 일을 그만둔 엄마가 집에 있고 싶을 때 집에 있을 수 있고, 나도 스스로 돈을 벌며 더 이상 겨울철 난방비를 크게 걱정하지 않고 쓸 수 있었을 때, 또한 자가용이 생기면서 비바람이 쳐도 옷과 신발이 젖을 걱정을 하지 않게 되자 비 오는 날이나 추운 날이 이전처럼 그리 진저리쳐지지 않았던 것이다. 여유로운 마음은 여유로운 잔고가 바탕이 된다는 말이 속물적이게도 딱 들어맞았던 것 같다. 내 입에 풀칠을 할 여력이 되니 춘하추동의 희로애락이 드디어 보이기 시작했다. 심지어 하얗게 눈이 내리면 뒷동산에서 개들이 폴딱폴딱 뛰어다닐 것을 생각하니 눈 오는 겨울이 기다려지기까지 하는 것이다.

엄마와 이런 이야기를 나눈 적이 있다. 나는 엄마가 가게를 그만두고부터 비 오는 날도, 추운 날도 좋아졌다고. 엄마는 나에게 어렵던 시절을 왜 자꾸 생각하냐고 했다. 엄마는 원래 뭘 하든 장점부터 보는 긍정맨이다. 어쩔 수 없는 상황이면 투덜대기보다 재빨리 적응해서 즐긴다. 10년 동안 하루도 쉬지 못하고 가게 문을 열었으면서 가게는 엄마의 놀이터라고, 이 일을 그만두면 나는 이제 일을 못 할 거라며 즐겁게 일하던 엄마다. 그런 엄마야말로 일을 그만두고 온갖 날씨를 제대로 즐기는 듯하다. 가게를 그만둔 후 엄마에게는 산에 가는 취미가 생겼는데 예전에는 날이 궂으면 외출을 하지 않던 분이 비가 오면 굳이 우비까지 사 입고 나가고, 한겨울에는 눈을 구경하러 산에 올라간다. 그만큼 10년 만에 온 자유가 좋아서일 것이다. 가끔 일을 돕던 나도 가게를 그만 둔 해방감에 속시원한데 엄마는 얼마나 더 좋을까. 그동안 고생시켜서 미안한 나의 엄마. 엄마가 지금처럼 건강하고 자유롭게 오래오래 살면 좋겠다.

내게는 평생
지켜야 할 사랑이 있다

동생이 하나 있다. 투닥투닥한다. 나보다 여섯 살이 어렸으니 얼마나 나에게 이쁨을 받았겠고 또 얼마나 질투를 받았겠는가. 그런 동생이 지금은 머리가 다 컸다고 나를 어르신 취급하며 조금만 내 주장을 이야기하면 꼰대라고도 한다. 뚜껑이 팍 열린다. 내가 젖병에 분유 타서 우유 먹이고 기저귀 다 갈아서 키웠는데. 언제 이렇게 컸다고 어이가 없다.

우리 자매는 어릴 적부터 온갖 애증을 겪으며 컸다. 여섯 살이나 차이가 나니 동생이 나에게 당한 일도 많았을 것이고 내가 동생에게 열 받았던 일만큼 미안한 일도 많다. 어쨌든 지금 그런 동생은 세상에서 제일 친한 베스트프렌드가 되었다.

동생과 나는 정말 많은 곳을 함께 다녔다. 중국 유학 시절 동생은 1년에 학교를 한두 달씩이나 쉬고 우리 집에 와서 얹혀 살았다. 해외 연수나 마찬가지였다. 동생이 한 일은 하루에 4시간 어학원에 가서 중국어를 배우는 것이었다. 그리고 오후 내내 돌아다녔다. 이제 갓 중학교 2학년이 되었던 동생은 겨우 몇 달 배운 알량한 중국어로 베이징 시내 곳곳을 빨빨거리며 잘도 다녔다. 스마트폰이 나오기 전이어서 베이징 내에서만 쓸 수 있는 값싼 '샤오링통'이라는 휴대전화 짝퉁 같은 것을 하나 사 주었더니 그거 하나 믿고 부지런히 쏘다녔다. 하지만 나는 종일 학교 수업을 듣고 있느라 동생의 전화를 받을 때보다 못 받을 때가 더 많았다. 하루 종일 돌아다닌 동생은 3위안(당시 환율로 450원)짜리 어깨 안마기와 같은 쓸 데 없는 걸 사오기도 했고 명품 짝퉁 시계를 '학생이라 돈이 없다'며 깎아서 단돈 15위안(한화 2,250원)에 사 와서 기뻐하기도 했다.

나는 매일 밤, 동생이 다음 날 갈 곳의 루트와 버스표를 알아봐 주었는데 하루는 동생이 자신의 중국어를 실험해 보고 싶어 내가 시킨대로 하는 대신 사람들에게 "원명원 가는 버스가 몇 번인가요?"라고 묻고는 남의 말만 믿고 버스를 탔다. 그런데 그 버스는 원명원 남문에 내리는 것이었다. 버스에서 내리고 보니 자신이 아는 풍경이 아니라 당황한 것은 당연한 일이었다. 학교는 원명원 동문에 가까운 곳이었는데 원명원이 얼마나 넓은 곳인 줄 몰랐던 것이다. 급했던 동생이 나에게 전화를 했지만 나는 또 수업 중이라 받지 못했고, 지나가는 사람들에게 물어서 학교 이름을 대며 "많이 먼가요?" 했더니 "멀지 않다"라고 해서 또 그 말을 믿고 걷기 시작했단다. 결국 1시간을 걸어 겨우 집에 도착했다.

나는 동생에게 중국에서 소매치기를 당할 수가 있으니 매사에 돈과 휴대전화를 잘 챙겨 다니라고 했다. 동생이 소비하는 돈은 거의 1위안(150원), 10위안(1,500원)짜리 푼돈이었는데, 하루는 가지고 있는 돈이 모자라 거금을 꺼내야 했다. 그것도 슈퍼마켓에서 음료수 한 병을 사는데 잔돈이 똑 떨어진 것이다. 동생은 신발을 벗고 밑창을 들추어 숨겨 두었던 100위안짜리를 꺼냈고 그걸 본 슈퍼마켓 아주머니는 폭소를 터뜨리고 말았단다. 나는 아주머니가 그 돈을 어떻게 손으로 받았을지가 더 의문이다.

중국에서 유학하던 나는 여행하며 여유를 부릴 돈이 없었으므로 동생이 올 때만을 기다려서 함께 여행을 갔다. 돈이 없어 밤새 10위안이라도 더 싼 방을 찾아 걸었던 상하이의 밤거리, 점심도 못 먹고 하루종일 걷느라 힘이 빠져 죽을 뻔했던 소림사, 초가을이라 두꺼운 패딩을 준비하지 않았는데 영하 수준의 밤 온도에 추워 죽을 뻔했던 내몽고의 밤들을 기억한다. 당시 우리는 돈이 없었기 때문에 부모님 돈을 써야 했고 한 푼이라도 더 아껴 쓰기 위해 쪼개고 쪼개서 썼으며 시간이 아무리 많이 걸려도 버스를 타는 대신 걷는 편을 택했다.

나는 방학 때마다 한국으로 돌아왔다. 겨우 몇 개월 만이었지만 한국에 올 때마다 새로운 것들이 생겼고 신기한 것들이 많았다. 동생은 당시 유행하는 것을 가장 잘 알고 있었고 빠르게 캐치했다. 동생의 책상 앞을 어슬렁거리고 있는데 눈에 띄는 분홍색 펜이 보였다. 웬만한 펜을 2백 원에 사 쓰고, 좋은 펜도 5백 원을 잘 넘기지 않던 시절, 일본에서 물 건너온 4천 원짜리 펜이라고 했다. 중지 첫째 마디가 닿는 부분이 실리콘 처리가 되어 있어 오래 써도 불편함이 없는 신통한 펜이었다. 한국어보다 획이 열두 배 정도 많은 중국어를 쓰면 얼마나 손이 피곤한지 모른다. 내가 갖고 싶다고 했더니 용돈을 모아 구매한 귀한 거라며 딱 잘라 거절했다. 동생은 영화관에 갈 땐 통신사 할인을 받고 놀이공원을 갈 때는 할인카드를 쓰는 방법 등을 전수해 주었다. 어려서 내가 늘 챙겨야 했던 동생이 점점 나보다 할 수 있는 것들이 많아져 갔다.

중국에서의 시간은 1년이 10년과도 같이 잘 흐르지 않는데 한국에서의 방학은 쏜살같았다. 2학년이 넘어가자 한국에서의 방학을 마치고 다시 중국으로 되돌아가는 게 점점 싫어졌다. 열악한 환경, 익숙해지지 않는 낯섦. 사람들의 불친절함. 텁텁

한 공기, 공항에서부터 나는 묘한 중국의 냄새들.

중국으로 떠나는 날, 중학생이었던 동생은 나보다 먼저 등교를 했는데, 내 책상 위에는 내가 탐냈던 그 4천 원짜리 고급 펜이 놓여 있는 것이었다. 그 위에 놓여 있던 메모지에는 삐뚤삐뚤한 글씨로 "언니야 잘 갔다와~" 라고 적혀 있었다. 가기 싫은 출국을 앞둔 아침에 나는 그 쪽지를 보고 왈칵 울어버렸다. 그게 왜 그렇게 감동이었던지. 그건, 사랑이었다. 자기가 가진 모든 것을 다 내어준 사랑.

시간이 흘러 대학을 졸업한 동생은 영국으로 유학을 떠났다. 유학 말미에 나는 가족 대표로 동생을 찾아 런던에 갔다. 중국에 갔을 땐 내가 통역도 다 해주고 일정도 다 짜 주었는데, 영국에 가서 동생이 가자는 대로 가고 사 주는 대로 먹었다. 어린 자식을 키워놓은 부모가 나중에 느끼는 감정이 이런 것인가 싶었다. 지금도 서울에 사는 동생은 시골에 사는 나에게 틈만 나면 새로운 것들을 알려준다. 내가 간만에 서울에 가면 나를 데리고 새로 생긴 예쁜 카페 한 군데를 더 못 돌아서 안달이다.

우리 시골집에 놀러와서 드라이브를 하면 비료 냄새를 가리켜 똥 냄새가 난다고 자지러지게 웃는다. 내가 쓴 글의 제 1독자가 되어 가감 없는 비평을 내려 주는 것도 동생이고, 내가 하는 화장과 옷차림에 대한 지적을 가장 많이 해주는 것도 동생이다.

동생은 항상 나랑 잘 지내보려고 노력한다. 지금도 그렇다. 외향적인 동생이 항상 먼저 만나자고 한다. 괴팍한 내가 삐쳐서 몇 달 동안 말을 안 해도 늘 먼저 말을 거는 것은 동생이다. 아빠가 나에게 그런다. 줘도 줘도 못 해준 것만 생각난다고. 내가 동생을 볼 때 드는 생각이 꼭 그렇다. 이 아이는 세상에서 유일하게 평생 내가 지켜주고픈 사람이다.

이제 곧 엄마가 나를 키웠던 시간보다
나 혼자 살았던 시간이 길어질 것이다.
엄마가 세상의 전부였던 아이는 한 해 한 해 커 갈수록
엄마보다 재밌고 좋은 것들이 많아지고
점점 엄마가 없어도 괜찮은 인간이 되어간다.

2장

지금,

내가 해야 할 일을

발견했어

우리 딸,
하고 싶은 거 다 해

나는 할머니가 좋다. 어릴 적에 아빠는 내게 매주 수요일이면 할머니에게 전화를 하라고 시켰다. 어린 시절부터 할머니와의 통화가 익숙한 나는 한 번 전화기를 잡으면 30분씩 할머니와 이런저런 얘기를 나누곤 했다. 몇 년 전부터인가 할머니와의 통화는 늘 "좋은 사람 있으면 만나보고 빨리 시집 가야제"로 훈훈히 마무리된다. 할머니가 통화 내내 하고 싶으셨던 말씀이 바로 이것이었다. 집안의 맏언니인 내가 시집을 안 가서 동생들이 줄줄이 시집 장가를 못 가고 있는 것이란다. 무엇보다 첫

손주였던 내가 좋은 배필을 만나 행복하게 예식장에서 입장하는 것을 보고 싶어하시는 마음은 나도 안다. 할머니가 만나는 사람이 있냐고 물으면 만나는 사람은 아주 많다며 우스갯소리처럼 넘어갔는데 나이가 점점 차자 이것도 통하지 않는다. 심각하게 얘기하는 할머니에게 "할머니, 아빠도 내가 시집 안 가고 혼자 살아도 좋다고 했어요. 우리 세대에는 결혼 안 하는 사람도 많아요" 했다가 아빠까지 쌍으로 욕을 들었다. 나에게 욕을 못한 할머니는 괜히 아빠를 핑계 삼아 특유의 억양 강한 경상도 사투리로 "무슨 애한테 그런 쓸데없는 말을 씨부리냐"며 윽박지르셨다.

부모님의 속마음이 어떨지는 모르겠지만 여하튼 나는 무심한 듯 딸의 결혼 여부에 대해 신경 쓰지 않는 부모님 덕에 여태 압박 없이 싱글라이프를 즐기며 잘 살고 있다. 엄마는 우리가 자라날 때부터 딸들이 어딘가의 구성원이 아닌 독립적인 개체로서 이름 석 자를 걸고 당당히 살기를 바랐고 아빠는 혼자 즐겁게 하고 싶은 것은 다하고 사는 딸의 모습을 보더니 언젠가부터 우리 입장을 지지해 주었다. 부모님 연배면 시집을 안 가고 있는 딸이 골칫덩어리라 여길 수도 있고 자식들이 결혼해서 잘 살고 있는 친구나 친척들이 부러울 수 있을 텐데 딸들이 시집 안 가냐는 주변의 물음에도 딸들 편을 곧잘 들어준다.

덕분에 한 해 한 해를 그저 즐기며 살고 있다. 주말과 명절을 여유롭게 보낼 수 있고 퇴근 후 온전히 나에게만 집중하는 시간을 가질 수 있다. 사람 일이 어떻게 될지는 모르는 것이기 때문에 앞으로의 일은 아무것도 장담할 수 없다. 어느 날 갑자기 결혼을 선택할 수도 있고 이렇게 쭉 혼자 살 수도 있다. 다만 우리 나이에 듣게 되는 '결혼은 언제 하니? 왜 안 하니?'와 같은 질문에서 자유로워지면 얼마나 여유로운 30대 라이프를 즐길 수 있는지 모른다. 아직 젊어서 에너지도 충분하고 할 일도, 할 수 있는 일도 많고, 20대보다 나아진 살림에 사고 싶은 건 크게 고민하지 않고 덥석 살 수 있고, 그리고 실컷 연애하고. 이제야 내 정체성을 찾게 되어 내가 누구인지 무엇을 좋아하는지 싫어하는지 확실히 알고 즐길 수 있을 때다. 나에게 집중할 수 있는 지금의 시간을 소중하게 써야겠다는 마음으로 살고 있다.

내가 스무 살 때 베이징으로 유학을 떠나게 되면서 네 식구가 복작거리던 좁은 집에서 나와 처음으로 나 홀로 살아보게 되었다. 처음엔 2인실 기숙사로 배정이 되었다. 나의 룸메이트는 탁구를 전공하는 미얀마인 '닌닌'이었다. 정말 설렜다. 처음으로 느껴보는 자유, 게다가 낯선 나라에서 온 외국인과 한 방을 사용하다니 얼마나 신나는 일들이 많이 생길까. 하지만 일주일 만에 환상은 깨어졌다. 나의 룸메이트는 무척 순수하고 착했다. 하지만 우린 둘 다 중국어가 부족했고 손짓, 발짓으로 의사소통을 하기에 답답했으며, 기숙사들이 으레 그렇듯 방이 좁아 잠자기 전에 소등하는 시간도 함께 정해야 했다. 어릴 적부터 혼자 산 적은 없어도 내 방이 있었던 나에겐 너무나 생경한 생활이었다. 같은 여자끼리도 부끄러움이 많았던 나는 룸메이트가 있을 때에는 옷도 제대로 갈아입지 못했고 내가 그렇게 예민한지 이전에는 몰랐는데 옆에서 부스럭거리는 소리에도 공부를 할 수가 없었다. 미얀마 친구는 무척 친절했다. 내가 국제

전화를 잘 걸지 못하거나 식당에서 식권을 제대로 사용하지 못하고 있을 때면 어김없이 나타나 나를 돕고 싶어했다. 하지만 그럴 때마다 겨우 인사말 정도밖에 할 수 없는 우리의 중국어로는 성질 급한 경상도 여자인 나를 답답함의 초절정으로 몰고 갔다. 게다가 이슬람이었던 친구는 아침저녁으로 침대에서 큰절을 하며 기도를 했다. 함께 사는 것에 대해 불편함이 하나씩 느껴지자 기도를 하는 친구의 모습에도 괴리감이 느껴졌다. 아빠에게 전화를 걸었다.

"아빠, 나 2인실은 죽어도 못 쓰겠어요."

룸메이트뿐만이 아니라, 한국인도 많고, 말도 많고 탈도 많은 유학생 기숙사에 신입생으로 들어갔으니 끌려다녀야 할 일도 많고 이러쿵저러쿵 신경 써야 하는 것들은 또 어찌나 많았던지 이대로 있다가는 중국어보다 한국어 실력이 더 늘 것 같았다. 한 달 만에 기숙사를 박차고 나와 아파트를 구했다. 아빠는 그런 것도 못 견디고 나와 산다며 단체생활을 할 줄 알아야 한다고 잔소리를 했다. 하지만 나의 이런 성향은 스무 살 이후로 꾸준히 이어져 그때부터 지금까지도 아무런 방해를 받지 않는 혼자 사는 삶을 무척 즐기고 있다. 오히려 기숙사 밖에 나와 살며 미얀마 친구 닌닌과 더욱 친해졌다. 우리의 중국어가 조금씩 늘어남에 따라 함께 식사도 하러 다니게 되었고 적당한 거리감이 생기자 함께 살 때 통명스러웠던 나의 말과 행동이 훨씬 부드러워지게 되었다. 나의 처음이자 마지막이었던 룸메이트 닌닌은 훗날 고국으로 돌아가 미얀마 탁구 국가대표 선수가 되었다.

혼자 살면 외로움으로 힘들어하는 사람들도 있고 사람들을 만나며 에너지를 받는 사람도 있다. 나는 혼자서 조용히 사색하는 시간이 꼭 필요한 사람이다. 누군가와 붙어 있으면 금세 기운이 빠진다. 집에 들어왔을 때 불 꺼진 어둠은 두렵지 않으나 정신 산만하게 집이 어질러져 있거나 원치 않게 티브이 소리를 들어야 할 때 쉽게 지친다.

아침에 일어나 햇살이 가득 들어오는 거실 테이블에 앉아 커피 한 잔을 내리고 책을 뒤적거렸다가 글을 끼적거렸다가 청소기를 돌리고 좋아하는 음악을 들으면 '아 행복해' 하는 소리가 절로 나온다. 출근 전 매일 아침에 하는 나만의 의식이다. 안방 침대 발치에 무려 65인치 티브이를 걸어 놓았는데, 잠들기 전에 좋아하는 영화나 드라마, 유튜브를 보거나 한가한 주말에 재미있는 영화를 보는 일은 내게 빼놓을 수 없는 즐거운 일상이다. 새벽 늦게까지 볼륨을 줄이지 않고 영상을 본다든지, 이른 새벽에 일어나서 주방에서 마음껏 달그락거릴 수 있는 자유로움을 즐기며 사는 것이다. 아빠, 엄마와 함께 살면서 나도 모르게 감수했던 불편함이었다.

결혼을 하지 않겠다고 굳게 다짐한 적은 없으므로 비혼주의는 아니다. 다만 지금의 생활이 너무 행복하고 더 행복한 무언가를 찾지 못했기 때문에 흘러가는 대로 나이 들어가고 있는 것이다. 꼭 이렇게 살아야 한다는 법이 있을까. 수능도 치르지 않았고 대학을 졸업한 후 번듯한 직장에 들어가지 못해 세상 사람들이 옳다고 하는 기준에는 맞추지 못했지만 그래도 당당하게 말할 수 있는 나의 장점 한 가지는 '지금 내 생활의 월화수목금토일 모두가 행복하다'라고 말할 수 있다는 것이다.

결혼을 하지 않으면 안 될 사회적 분위기 속에서 비혼은 생각도 하지 못했고, 기껏 쌓아 온 경력을 결혼과 동시에 몽땅 포기해야 했던 엄마 세대와 비교하면 우리는 복 받은 세대임에 틀림없다. 엄마는 종종 이런 내가 부럽다는 내색을 비친다. 엄마가 내 나이 때는 걱정이 무척 많았는데 허허실실 사는 내가 나쁘지 않나 보다. 그렇다면 그저 지금의 시간을 최선을 다해 행복하게 쓸 것. 이것이 내가 현재 할 수 있는 최선이란 생각이 든다.

금수저가 부러우면
내가 금이 되자

학창시절, 스포츠 선수나 연예인이 성공해 부모님께 집을 사 드렸다는 얘기를 들을 때면 나도 반드시 그렇게 하고 말리라는 마음이 굳건해지곤 했다. 어렸을 적에는 돈을 많이 벌고 싶다든지 돈에 대한 열망을 드러낸다는 것은 썩 고상치 못한 분위기를 풍겼음에도 '우리 집을 일으킬 사람은 나밖에 없다'는 생각을 꽤 오래전부터 해왔기 때문이다. 그래서 나는 개의치 않고 꿈이 뭐냐고 물으면 돈 되는 일은 다 하고 싶다고 이야기했다. 어떻게 1만 원을 1백만 원으로, 1천만 원으로, 1억 원으로,

10억 원으로, 100억 원으로 바꿀 수 있는지에 대한 고민을 오래한 셈이다.

우리 집은 평범한 서민 가정이었다. 지방에 위치한 방 두 칸짜리 아파트에 네 식구가 살았다. 부모님이 결혼을 할 때 양가 집안이 넉넉지 않았던 터라 아무 도움도 받지 못했다고 한다. 전세금도 부모님이 직접 마련했고 꽃값 3만 원만 내면 조촐하게 결혼식을 올릴 수 있는 성당에서 결혼을 했다. 그렇게 시작한 결혼생활은 양가의 가족들을 챙기는 경조사만으로도 허리가 휠 지경이었다고 했다. 시대가 변하며 자식을 키우는 데 드는 비용이 천문학적으로 치솟던 시절이었다.

아무리 어렸어도 한집에 살면서 부모가 힘들어하는 모습을 자식이 눈치채지 못할 리가 없다. 해맑았던 나는 힘에 부친 엄마 곁에서 걸핏하면 부자가 되어서 우리 집안을 일으켜 세우겠다고 입버릇처럼 쫑알거렸다. 그러면 엄마는 물론 그러면 참 좋겠지만 말만 하지 말고 공부부터 열심히 하라며 내 입을 막았다. 무술을 열심히 연마해서 강호에 나가겠다는 또다른 포부를 야심 차게 말하고 다니는 딸의 입에서 나온 말은 모두 신빙성이 없어 보였나 보다. 하지만 나는 공부를 하지 않았고 다행히 공부와 부자는 상관이 없었다. 어른이 되어서 생존 전선에 섰을 때 어릴 적 마음을 잃지 않은 것만으로도 반은 성공한 것이라 한다. 열심히 하고 싶은 걸 하면 돈은 따라오는 거라고 하지만 때론 목표를 정확히 설정해 둘 필요도 있다.

금수저에 대해 생각해 본다. 얼마 전 SNS에서 '재벌 자녀들은 다른 세계에 사는 것 같아요. 그들의 눈에 저는 빈민촌 소녀 같겠죠?'라는 질문에 누군가 이런 댓글을 달았다. '전쟁 국가의 판자촌에 살며 배곯는 아이들 눈에는 쓰니가 공주처럼 보일 거예요.' 이 말에 내 속이 다 시원했다.

그러니까 나라고 못할 것 없지 않나. 나도 때로 조바심이 나지 않는 것은 아니다. 20대에 사업을 시작한 사람들 중 크게 성공한 사람이 많다. 그에 비해 나는 새 발의 피도 되지 못한다. 누구나 자신의 페이스가 있고 시와 때가 있다고 생각한다. 세상에 내가 시도해서 안 된 일이 뭐가 있었던가. 난 이제 겨우

30대다. 아직 엄청난 일을 벌일 수 있다. 아마 오래가는 좋은 기업을 만들려면 십 년 정도의 기초공사가 필요할지도 모른다. 100층짜리 건물을 지으려면 지반 공사는 더 오래 걸릴 것이다. 이렇게 나 스스로를 다독이며 한 발 한 발 앞으로 끌고 가본다.

오히려 평범한 집안이었기에 나의 부모님은 내가 일군 작은 일에도 무척 기뻐한다. 처음 목돈을 모았다고 이야기했을 때도, 내가 작은 회사 건물을 지었을 때도 그랬다. 부모님의 기대치를 뛰어넘는 재미가 그만이고 부모님에게 해 드릴 수 있는 게 많아서 즐겁다.

몰락하지 않고 몇백 년 가는 가문이 몇이나 되랴. 그리고 우리가 기억하지 못하는 수많은 기업 총수의 자식들이 금수저를 물고도 그것을 엿 바꿔 먹은 경우가 얼마나 많은가. 금수저가 부러우면 내가 금이 되면 되잖아? 금쪽같은 자식에게 금을 물려주면 되잖아. 세상에 믿을 건 나 자신뿐이고 설득하고 바꿀 수 있는 것도 나 자신뿐이다.

엄마가 없어도
괜찮은 인간이 되었다

부모님 집에 자주 드나들었지만 코로나19가 창궐하던 2년간 집에 가는 횟수를 줄였다. '바이러스를 옮기면 안 되니까'라는 건 듣기 좋은 핑계였다. 시골로 이사를 했기 때문도 한몫했다. KTX 역이 멀어지니 도시로 나가 기차를 타고 창원에 도착해서 택시를 갈아타고 집으로 가는 일이 너무나 번거롭게 느껴졌다. 사실 시골을 벗어나고 싶지 않아서, 시골의 주말이 좋아서 가지 않은 이유도 있다.

이제 곧 엄마가 나를 키웠던 시간보다 나 혼자 살았던 시간이 길어질 것이다. 엄마가 세상의 전부였던 아이는 한 해 한 해 커갈수록 엄마보다 재밌고 좋은 것들이 많아지고 점점 엄마가 없어도 괜찮은 인간이 되어간다. 어른이 된 후 예전보다 엄마를 덜 사랑하는 것은 아니지만 어릴 적처럼 엄마의 손이 필요하지 않고 오래 떨어져 있어도 혼자 씩씩하게 잘 살아갈 수 있게 되었다. 물론 엄마를 생각하면 가슴이 아련한 것은 여전하다.

스무 살 때 베이징으로 유학을 떠났을 때는 엄마와 아빠가 보고 싶어서 많이 울었다. 자취방에 인터넷도 없어서 비싼 국제전화를 걸고 나면 아쉬워서 눈물이 났고 시험 성적을 잘 못 받으면 그게 뭐라고 통화를 하면서 목이 메이기도 했다. 졸업 후에는 성적을 보일 곳이 아무 데도 없었는데도 말이다. 왠지 부모님은 열심히 돈을 부치는데 나는 내 본분을 제대로 지키지 못했다는 생각 때문이었을 것이다. 방학이 다가오면 한참 기간이 남았는데도 집에 가는 비행기표를 물색했다. 한국으로 돌아오는 비행기를 탈 때는 잇몸이 드러나게 웃었고, 중국으로 돌아가는 비행기를 탈 때는 또 훌쩍거리며 울었다.

대학교 3학년 때 1년가량 서울 태릉선수촌에서 훈련을 받게 되었다. 중국 학교를 다닐 적에는 집에 가려면 비행기를 타야 했지만 이제 버스만 타면 비행깃값과 견줄 수 없이 저렴하게 다녀올 수 있게 되었다. 또한, 선수촌은 금요일 저녁부터 이틀간 외박을 할 수 있었다. 대부분의 선수들은 주말에 남아 쉬거나 다른 선수들과 삼삼오오 놀기도 했는데 난 어김없이 집에 내려갔다. 지하철 1시간, 시외버스 4시간 30분, 택시 20분을 갈아타고 갈아타서 늦은 밤에 겨우 집에 도착했다. 엄마가 깨끗이 빨아놓은 향긋한 침대 시트에 코를 묻고 엄마가 해 준 밥을 먹고 나면 다음 일주일을 버틸 수 있었다. 선배들이 이렇게 주말마다 빠지지 않고 내려가는 것을 보면 숨겨둔 애인이 있는 게 분명하다고 놀릴 정도였다.

졸업을 하고 서울에서 정착해 일을 시작했다. 가내수공업처럼 시작한 나의 사업은 사무실 월세를 따로 낼 여력이 되지 않아 오피스텔을 구해 사무실을 겸해서 지냈다. 몇 번의 이사를 하며 큰 평수로 옮겨봐도 늘어나는 짐과 드나드는 직원과 손님

때문에 집이 집 같은 아늑함이 없었다. 자꾸 우리 집은 창원에 있는 것 같아 휴일이나 연휴 때면 창원행 KTX를 끊곤 했다.

시간이 흐르며 나는 점점 단단해졌고 무던해졌다. 짐과 함께 오피스텔에 기거하는 세월이 길어지니 내가 짐짝인지 인간인지 구분이 되지 않아 사무실을 분리하고 아파트에 들어가게 되었다. 그 시점이 내가 진정으로 집에서 독립하는 때였던 것 같다. 그제야 사는 게 사는 것 같아졌다. 집에 내가 좋아하는 것들로 하나씩 채워 가고 집에서 내가 좋아하는 일들을 했다. 거실을 서재로 만들어 좋아하는 커피를 내려 마시고, 좋은 스피커를 하나 마련해 재즈 음악을 잔잔하게 틀어놓고, 욕조 가득 물을 받아 거품목욕을 하며 사니 내 집이 내 것 같았다. 아주 사소한 차이였는데 비로소 부모님 집에 가는 것이 조금 귀찮아졌다. 급기야 부모님 집에서 자는 걸 외박이라 부르며 세상 어디보다 우리 집이 편하다고 설명하게 된 것이다. 엄마와 떨어져 지낸 지 15년이 지나고 서른다섯 살 즈음이 되어서의 일이다. 집을 떠나 15년간 집을 그리워하고 집에 돌아갈 생각만 하던 생활에 드디어 마침표를 찍게 된 것이다.

요즘들어 아빠가 집에 내려오라고 하는 날이 잦아졌다. 원래 자식에게 크게 기대하거나 집착하지 않는 분이었는데 아빠도 나이가 든 건지, 아니면 내가 나이가 드는 것이 조급해진 건지 며칠 우리 자매가 집에 있다 오면 서운해하기도 하고 또 그런 표현을 입 밖으로 꺼내기도 한다. 예전엔 내가 아빠, 엄마의 뒤꽁무니를 지겹도록 쫓아다녔는데 이제는 부모님이 나를 찾는다.

올해 아빠 생신 때도 집에는 동생만 내려가고 나는 선물만 보냈다. 아직도 아빠는 내가 걱정이다. 시골에서 심심하지 않은지 힘들지 않은지 물어보는데 왠지 이번에 한 나의 대답이 큰 효도를 한 것만 같다.

"아빠, 나 요즘 사는 게 너무 좋아요. 어른이 되면 이렇게 살기 좋아지는지 정말 몰랐어요. 일도 재밌고 글도 쓰고 운동도 하고 취미생활도 하고 개도 돌봐야 하는데 다 보람 있어요. 매일 사는 게 재밌어요. 그리고 두고 보세요. 이렇게 열심히 해서 언젠가는 우리 회사도 나이키를 넘어서게 볼륨을 키울 거예요.”

조금 전까지 걱정하던 아빠의 목소리가 한 톤 안심되는 것 같이 들렸다.

“호오, 그래? 그렇게 원대한 꿈도 있었냐?”

전화를 끊고 입장을 바꿔 생각해보니 부모님에게, 사는 게 너무 좋다고 이야기할 수 있는 것이 얼마나 마음 편하게 들렸을까 싶다. 아마 그날 밤 아빠는 두 발 편히 뻗고 주무셨을 거라 믿는다. 멀리 떨어져 있어도 자주 오지 않아도 나는 정말 120퍼센트를 즐기며 혼자서 씩씩하고 행복하게 잘 살고 있다. 엄마가 없어도 살 수 있도록 드디어 엄마로부터 몸과 마음이, 경제적으로, 모든 면에서 독립한 것 같다. 가끔은 엄마가 그립지만 그래도 대부분은 엄마가 없어도 괜찮은 인간이 되었다.

쑥떡 먹는 인증샷 속에 감춰진 비밀

나는 쑥떡도 싫고 쑥국도 싫다. 쑥으로 만든 건 내 입맛에 맞지 않는다. 어릴 적 봄이면 엄마가 나를 데리고 쑥을 캐러 다녔다. 난 쑥을 캐는 일이 그저 소꿉놀이처럼 재미있는 것이었는데 엄마는 가정 경제를 위해 진심으로 쑥을 캤다. 쑥을 캐면 공짜 반찬을 밥상에 올릴 수 있으니 말이다.

쑥 한 바구니를 가득 담아오면 몸에 좋은 거라며 쑥국을 만들었다. 애들 입맛에 텁텁하고 쓴 쑥국이 맛있을 리가 있는가. 엄마는 쑥떡도 쪘는데 나는 원래 떡을 싫어하고 앙꼬가 없는 떡은 더 맛이 없었다. 어릴 적 봄만 되면 달래니 두릅이니 약이 되라고 먹이는 엄마의 정성 때문에 나는 지금도 풀 반찬들이 싫다. 어른이 되고도 식당에서 주는 봄나물들은 쏙쏙 빼먹고 편식을 한다. 내가 기억하는 엄마의 밥상은 이렇다. 몸에 좋은 건 다 해다 먹였다. 애들 입맛이라고 봐주는 게 없었다. 엄마의 장기가 '요리'라고 하는 아이들이 부러웠다. 소시지 살 돈이 없었던 것도 아니었을 텐데, 맨날 내 도시락 반찬만 건강식 위주였다. 그에 반해 친구들 반찬은 감자튀김에 돈까스, 동그랑땡 등 보고 있으면 절로 입맛이 땡겼다.

그런데 얼마 전 쑥떡 한 박스가 배달되어 왔다. 찹쌀로 떡을 지어 말랑말랑한 쑥떡을 한입 크기로 먹기 좋게 썰어 콩고물 두 가지를 정성스럽게 묻혀 위생팩에 10개씩 나눠 담은 것이 50봉지는 족히 되었다. 아침으로 한 봉지씩 먹어도 무려 50일을 먹어야 하는 양이다. 쑥떡을 받은 날 엄마에게 문자메시지가 왔다. 올봄에 엄마가 직접 캐서 떡을 해오고 일일이 썰고 콩고물 묻혀 소분하느라 힘들어 죽을 뻔했으니 맛있게 먹으라는 내용이었다. 내가 몸이 차가우니 쑥을 먹으면 좋다고 했다. 감사한 대신 탄식부터 나왔다. 나는 계획적으로 사는 게 좋으니 절대 서프라이즈를 하지 말라고 했는데 딸이 쑥떡을 안 먹는 것도 모르고 힘들게 챙겨 보낸 것이다. 게다가 우리 집 냉동실에는 쑥떡 50봉지가 들어갈 공간이 없었다. 밀키트와 냉동식품들로 나름 맛있는 요리를 만들어 먹는 데 재미가 붙은 참이었다. 새로 이사 온 동네에 아직 사귄 친구가 없어 나눠줄 사람도 없었다. 그래도 그 쑥떡을 버릴 수가 없어서 냉동고에 욱여넣었다. 각얼음을 빼고, 떡볶이 재료들을 꺼내서 일부러 야식을 만들어 먹었다. 덕분에 한동안 아이스커피를 만들어 마시지 못했다.

냉동실이 가득 차 있는 이유는 따로 있었다. 아빠가 잡아온 갈치와 볼락 때문이었다. 나는 회나 생선류도 질려서 잘 못 먹는다. 어릴 적에는 아빠의 취향대로 횟집을 자주 갔고 우리 집은 육고기 반찬보다 물고기 반찬이 더 많았다. 물컹하고 비린 생선회의 식감은 역시 아이 입맛에 맞지 않았다. 커서도 내 돈을 내고 생선이나 회 종류를 사 먹은 적이 없다. 그런데도 여전히 집에 내려가면 아빠는 해산물을 한가득 차려 놓는다. 그래도 종종 아빠가 낚시해서 잡아오는 건 특별하니까 나도 맛을 보게 조금만, 아주 조금만 보내 달라고 엄마에게 얘기했는데 엄마가 맥주캔 12개가 들어가는 아이스박스에 생선을 가득 담아 보낸 것이다. 그게 작년의 일이다. 우리 엄마는 예로부터 짠소금으로 유명한데 딸들에게 뭘 보낼 때는 동네 큰 손이 따로 없다. 아빠가 잡은 생선을 엄마가 일일이 토막 내고 비늘까지 손질해서 라벨지에 손글씨까지 써 붙여 보낸 냉동 생선을 어떻게 버릴 수 있겠는가. 그래서 한 칸이 넘는 냉동고에는 생선 두 종류와 쑥떡이 고스란히 자리 잡게 되었다.

엄마에겐 곧이곧대로 짜증을 낼 수 없어 동생에게 '안 먹는 걸 엄청 많이 보내줬는데 버릴 수도 없지 않냐'는 내용의 문자 메시지를 잔뜩 보냈다. 동생은 쑥떡을 좋아한다. 동생은 짜증을 내는 나를 달래며 자신에게 보내라고 했다. 그런데 이걸 또 동생 집에 보내자니 귀찮기도 하고 아이스박스에 넣어 택배로 보내자니 택배비 또한 만만치 않아 포기하고 있었다.

그런데 몇 주 후 동생에게 택배 보낼 일이 생겼다. 동생에게 보낼 물건을 상자에 넣고 보니 상자의 공간이 조금 비었다. 그때 옳다구나 하고 남은 쑥떡 20봉지를 끼워 넣고 택배 마감 시간에 맞춰 부랴부랴 급하게 싸서 보냈다. 그리고 동생에게 문자메시지를 보냈다. '네가 좋아하는 쑥떡과 함께 싸서 보냈다'고 했더니 동생이 질색을 했다. 동생도 부모님 집에 다녀오면서 쑥떡을 이미 챙겨 왔다는 것이다. 냉동고가 꽉 차서 한 팩도 더 넣지 못하는 사정은 동생 집도 마찬가지였던 것이다. 나는 사실 쑥떡을 처분할 생각에 다른 생각은 하지 못했다. 엄마가 싸 준 음식을 엄마의 다른 딸이 먹으면 미안하지 않을 것 같았다.

그런데 난리가 나고 말았다. 그동안 하루 만에 도착하던 택배가 웬일인지 이틀 만에 도착하면서 아이스팩은 미지근하게 녹아 있고 떡은 딱딱하게 다 굳어버린 것이다. 동생은 엄마가 해 준 음식을 속상하게 버리게 생겼다며 음식물쓰레기 처리하는 일도 만만치 않은데 자기에게 짐을 떠안겼다며 엄청나게 짜증을 내는 것이었다. 내가 하소연을 한 바가지 했을 때는 그렇게 이성적으로 나를 진정시키더니 막상 자기가 같은 상황에 놓이니 똑같았다. 아니, 내가 짜증을 낸 것보다 다섯 배 더 구시렁거린 것 같다. 되로 주고 말로 받았다. 말하지 않고 보낸 나보고 엄마와 똑같단다. 그럼 똑같지, 엄마 딸인데.

엄마는 이 쑥떡에 얽힌 이야기를 모른다. 엄마는 우리가 쑥떡을 맛있게 먹은 줄로만 안다. 내가 아침 식사로 쑥떡과 커피를 먹는 인증샷을 보냈기 때문이다. 처음에 엄마한테 볼멘소리를 냈던 것에 대한 사죄였다. 설마 또 만들어주시는 건 아니겠지?

지금도 시장을 지나다 쑥만 보면 엄마 생각이 난다. 일일이 손질해서 이고 지고 우체국에 가서 돋보기를 끼고 우리 집 주소를 쓰며, 내가 깜짝 선물에 좋아할 줄 기대했을 엄마 생각이.

우리는 맨날 반대하지만
지지하는 사이

스무 살에 북경으로 무술 유학을 보내달라고 졸랐다. 스물여섯 살에는 취업 대신 돌연 사업자를 내서 무술용품을 팔아보겠다고 했다. 그리고 스물일곱 살에는 혼자 서울에 올라와 취업이랍시고 신림동의 작은 부동산에 월급 1백만 원을 받으며 일을 했다. 서른이 넘어도 딸이 시집은 안 가고 이제 아예 작정하고 시골로 내려와서 개 다섯 마리를 키우며 사업하는 재미에 완전 맛들리고 말았다.

아빠가 맨날 내가 하는 일에 반대했던 이유다. 지금은 마음을 놓아버린 건지 나에 대한 믿음이 생긴 건지, 그나마 내 생활에 크게 관여하지 않는다. 오히려 잔소리는 내가 아빠에게 하기 시작했다.

아빠는 퇴직한 후 줄곧 기술직으로 일하고 있다. 우리 가족들은 일복이 넘쳐 평생 어딜 가나 할 일이 있나 보다. 아빠가 일을 놓지 않고 한다는 건 좋았으나 일요일도 없이 주 7일 내내 일을 나가는 시즌이 있다. 저녁이 되면 티브이를 보다가 졸음에 못 이겨 안방으로 들어가는 아빠의 모습을 보니 안쓰러워 쉬엄쉬엄하시라, 일을 잠시 좀 쉬시라 여러 번 권했으나 일이라는 게 내가 하고 싶을 때 하고 그만두고 싶을 때 그만둘 수 있는 게 아니지 않냐며, 그 일이 끊길새라 퇴직 후 몇 년간 쉴 새 없이 아빠는 또 달렸다.

그런데 어느 날 나에게 전화를 건 아빠가 장애인 활동 보조사가 되고 싶다고 했다. 정식 명칭도 제대로 모르고, 관할하는 기관도 제대로 알지 못한 채 장애인에게 운전해줄 수 있는 교육을 다짜고짜 인터넷으로 찾아 달라고 한 것이다. 참 밑도 끝도 없는 요청이라 인터넷 서칭을 곧잘 잘하는 나조차도 헤맬 정도였다. 관련 기관도 많고 정확한 정보도 찾기 어려웠다. 검색에 검색을 거듭한 후에서야 인터넷으로 교육 신청을 하는 절차를 알게 되었고, 접수 시간에 맞추어 선착순 등록을 해야 하는 일이라 과연 아빠 혼자서 하는 것은 무리였다.

신청에 앞서 나는 내 아빠의 성향과 장단점을 따져보기 시작했다. 손님을 상대하는 일은 스트레스를 받아 했는데, 장거리 운전을 하면 피곤해했는데 때때로 욱하는 우리 아빠가 과연 장애인 활동보조 역할을 잘할 수 있을까? 나는 먼저 아빠를 설득하기 시작했다.

혹여나 교통사고가 나면 어떻게 할 것인지, 장애인 아이를 가진 부모들의 입장을 아빠가 맞춰줄 수 있을 것인지, 단지 몇 시간 동안 운전을 하고 용돈을 벌 수 있을 거라 생각하면 오산일 수 있다고, 내 주변에 장애인 체육과 관련된 일을 하는 사람들에게 들어보니 보통 일이 아니라던데 괜히 스트레스만 엄청 받지 않을지 설득을 거듭했다.

그러니 예전에 내가 아빠에게 내 앞길에 대해 내가 하고 싶은 일에 대해 해명하듯, 나에게 왜 아빠가 이 일을 해야 하는지 설명하는 것이었다.

"돈을 벌기보다 봉사하는 마음으로 살고 싶어서 그래. 그리고 만 65세가 지나면 이 자격증도 발급받을 수 없으니 미리 자격증을 따 두고 싶은 거야."

더 이상 아빠를 말릴 생각도 이유도 없었다. 아빠 생각이 내 생각과 같지 않을 것임을, 아빠의 일은 아빠가 알아서 조절할 것이기 때문이다. 괜히 내가 좀 안다고 나설 일이 아니었다. 하긴 아빠가 집에서는 종종 욱할 때가 있어도 밖에 나가선 모든 사람들에게 친절한 분이다. 그런데 그건 나도 마찬가지다. 가족들이 아는 내 모습과 밖에서의 내 모습은 확실히 다르다. 가족들이 서로를 가장 잘 안다고 생각하겠지만 그것만큼 큰 착각도 없다. 밖에서의 내 모습은 완벽히 다른 탈을 쓸 수 있으니 말이다.

화상 강의로 진행되고, 졸아도 안 되고, 자리를 떠도 실격처리가 된다는데 아빠가 하루 8시간씩 집중해서 교육을 잘 이수할 수 있을까? 모쪼록 아빠가 자격증을 무사히 취득하기를 빈다. 딸로서 유일하게 할 수 있는 건 묵묵히 지지해주는 것일 뿐이다.

엄마,
하고 싶은 거 다 해

결혼을 하지 않은 이모가 한 명 있다. 내가 어릴 적 경남 마산에 부림백화점이라는 곳이 있었다. 당시의 최고 번화가였다. 이모는 지금의 나보다 어린 나이에 그곳에서 병풍 판매를 해서 '사업에 성공한 아가씨'가 되었다. 1980년대였으니 지금보다 훨씬 흔치 않은 일이었다. 가끔 백화점에 놀러 가면 이모가 나를 데리고 다니며 예쁜 인형을 집어 들고는 "이게 이쁘나? 저게 맘에 드나?"라며 가격표도 보지 않은 채 내 마음에 들 만한 인형을 골라 안겨주곤 했다.

30대에 방 세 칸짜리 집을 구매한 이모는 작은이모와 작은외삼촌을 데리고 살았다. 바깥에서 초인종을 누르면 인터폰으로 받을 수 있고 안방에 화장실이 딸려 있는 고급 아파트를 그때 처음 보았다. 이모 집에 놀러간 날 안방의 화장실이 너무 신기해서 화장실에 비치된 발판에 앉아 있었던 기억이 난다. 화장실에서 나오지 않는 나에게 이모는 "너는 오늘 거기서 잘래?"라며 놀렸다.

성공한 이모는 40대가 되어 돌연 불가에 귀의했고 스님이 되어 지금은 경남 사천에 보국사라는 멋진 절을 지어 원 없이 기도하며 살고 있다. 이제는 이모라고도 부르면 안 되는 스님이 되었다. 나는 불교 신자가 아니지만 예전부터 소림사와 같은 절도 좋았고 이모가 스님이 되고 난 후로 더욱 절이 좋아졌다. 지금은 예순 살이 넘었지만 스님 이모는 피부가 반들반들하고 눈은 초롱초롱하다. 절에 있는 갖가지 음식들을 주변 사람들에게 많이 퍼주며 사는 이모의 모습은 더없이 풍요로워 보인다.

이모의 삶을 보며 생각하게 된다. 우리 엄마가 이모와 같은 삶을 살았더라면 어땠을까? 엄마가 결혼을 하지 않았더라면 지금보다 더 행복하게 살지 않았을까? 만일 엄마가 결혼을 하지 않았더라면 엄마도 나름 참 멋진 여성이 되지 않았을까 생각해 본다.

부모님의 30대에서 50대는 온전히 두 딸을 위해 쓰였다. 그 시간 동안 부모님이 우선적으로 하고 싶은 것을 하는 것을 별로 보지 못했다. 넉넉지 않았던 살림이었기 때문에 모든 선택은 포기를 동반했는데 주로 포기를 하는 건 부모님 쪽이었다. 잠을 포기하고 갖고 싶은 것을 포기하고 우리를 위해 휴일을 반납했다. 스무 살이 되어 나와 동생이 집을 떠났지만 거의 20대 후반이 될 때까지 집에서 돈을 받아 썼다. 이때 가져간 돈은 어릴 적과 비교할 수 없을 만큼 어마어마하다.

중국으로 유학을 다녀온 나는 중국어가 유창해졌다. 영국으로 유학을 다녀온 동생은 영어가 유창해졌다. 엄마는 어릴 적 자신도 하마터면 독일의 간호사로 파견될 기회가 있을 뻔했다고, 그랬다면 엄마도 독일어를 유창하게 할 수 있었을 거라고 했다. 그 당시 엄마가 독일을 갔다면 고생깨나 했을 테지만 엄마에겐 유창한 독일어와 함께 우리 가족 대신 다른 인생이 생겼을 텐데. 이렇게 고생스러울 줄 알았더라면 어린 날의 엄마는 같은 선택을 했을까?

동생과 내가 더 이상 집에서 돈을 받아가지 않을 때가 되자 엄마도 일을 그만두고 좋아하는 것을 하나씩 찾기 시작했다. 매일 산에 올라가고 쇼핑도 실컷 하러 다니고 요리도 매일 열심히 한다. 요즘 엄마는 영어 공부를 한다. 꾸준히 한 지 5년 정도 되었다. 엄마의 영어공부 방법이 썩 선진적이지는 않아서 입은 잘 못 떼어도 그간 단어 수를 얼마나 외웠는지 간단한 독해는 곧잘 한다. 평생 자식이 잘 되기를 바라며 우리 자매의 성적에 신경을 곧잘 세웠던 엄마의 성적 압박에 '그렇게 공부가 좋으면 엄마가 하지'라고 생각했는데 엄마는 진짜 공부가 좋았던 거였다.

나는 부모님 집에 가면 엄마에게 먹고 싶은 것을 해달라고 말하지 않는다. 평소에 나 스스로도 집밥을 잘 챙겨 먹기 때문에 엄마 밥에 대한 특별한 집착도 없거니와 오랜만에 간 딸을 손님처럼 여기고 엄마가 부엌에서 달그락달그락 일을 하는 것이 싫다. 아니다, 솔직해지겠다. 가사보다 장사를 더 많이 했던 엄마의 밥상보다 내가 밀키트로 조리한 음식이 나을 때가 있다. 그래서 나는 엄마를 데리고 나가 유행하는 패밀리 레스토랑이나 호텔 뷔페에 가서 평소에 엄마가 못 먹던 메뉴를 먹는다. 최근에 엄마는 양갈비와 수제 버거를 맛보고 무척 만족했다. 어릴 적 엄마가 나를 데리고 나가서 이런 음식, 저런 음식을 먹여주었던 것처럼 정보력이 빠른 내가 엄마에게 가르쳐 주는 것이 많아졌다. 내가 이리 커 버렸다.

엄마가 글을 써 보겠다고 하면 글공부를 조금 한 내가 윤문을 해주고, 그림 공부를 하겠다고 하면 그림을 전공한 동생이 조언을 해준다. 엄마는 독립적으로 잘 살고 있는 딸들의 인생에 만족한다고 하고 우리는 엄마의 지금 모습이 보기 좋다. 더 이상 엄마는 자식과 가족들을 위해 본인의 욕심을 내려놓지 않는다. 우리가 아무것도 물려주지 말고 다 써버리라고 했는데 진짜로 다 써버릴 기세다. 상관없다. 열심히 일해서 엄마가 갖고 싶다는 것, 하고 싶다는 것, 기력이 왕성하고 누릴 수 있을 때 더 많이 해 주고 싶다. 이렇게 온 가족이 온전한 자신으로서 살고 서로를 응원해주는 지금이 엄마와 우리 인생의 절정기가 아닐까 싶다. 엄마가 건강할 때 더 많은 걸 해볼 수 있기를 응원한다.

외할머니가 빌려준
쌈짓돈

중국으로 유학을 가기 전이었으니 약 20여 년 전의 일이다. 중국으로 유학을 간다고 외가댁에 인사를 가니 외할머니가 외할아버지 모르게 쌈짓돈을 꺼내 50만 원을 쥐어주셨다. 우리 외가댁은 경남 진주에서 오랫동안 농사를 지었다. 외할머니는 건장하고 날랜 팔다리로 쌀농사를 짓든, 밭에다 고추, 상추, 마늘, 깨 등을 심든, 자두나무, 밤나무, 감나무에서 수확을 하든, 오일장이 서면 장에 나가 판매를 했는데 서글서글한 성격에 말도 재미나게 해서 동네 사람들에게 인기도 많은 분이었다. 외할아버지와 외할머니는 그 시절 아홉 형제를 낳아서 농사짓는 근성만으로 이모와 외삼촌들을 키웠다. 엄마의 형제가 무려 아홉이니 시집, 장가를 간 그 자손들이 대체 몇이겠는가? 지금도 사촌들이 결혼을 하고 조카들이 늘고 있는 통에 우리 식구가 몇 명인지 세어보는 것도 크게 의미가 없다. 여하튼 많은 식구가 모이면 왁자지껄하니 외할머니가 나를 특별히 만져주고 예뻐해 주던 기억도 그리 많이 없다. 정이 많은 할머니였지만 스무 명이 넘는 아이들 사이에 유치원 선생님 같은 거리감이랄까? 나도 외가댁에 가면 냇가에 나가서 사촌들과 노는 데 정신이 팔려서 외할머니의 관심은 뒷전이었다. 할머니와의 기억에 남는 일화가 하나 있다면, 이모들이 어느 날 혜미가 점점 커가며 엄마를 닮아 예뻐진다고 했더니 외할머니가 정색을 하며 "제 엄마한테는 쨉도 안 되지. 지 엄마가 어릴 때 얼마나 예뻤는데" 했던 것이다. 역시 손주보다는 자식이 예쁜 모양이다.

외할머니에게 받은 50만 원을 위안화로 환전해주며 엄마는 나중에 성공해서 꼭 할머니에게 갚으라고 했다. 그리고 성공과 관계없이 어느 정도 고정 수입이 생기던 20대 후반에 나는 외할머니의 돈을 갚았다. 할머니가 나에게 몰래 주셨던 것처럼 나도 할아버지 모르게 할머니의 쌈짓돈을 제자리에 돌려 드렸다. 그 후에도 가끔 외가댁을 방문할 때 할아버지와 할머니 용돈을 조금씩 챙겨 드리곤 했는데 할머니는 그게 고마웠던지 집에 가려던 나를 불러 세운 후 흙도 안 털어낸 생마늘 한 뭉치나 배추 한 덩이를 안겨주며 서울까지 들고 가서 먹으라셨다. 정작 나는 밀키트 없으면 요리도 제대로 못하는데 말이다.

마당에는 소를 키우는 외양간이 있었고 가마솥에는 물이 끓고 있었으며 경작물이 항상 쌓여 있던 그림 같던 외가댁에 이제는 소도, 작물도, 할아버지, 할머니도 없이 집만 덩그러니 남았다. 몇 해 전 외할아버지가 돌아가시고 건장하셨던 외할머니도 쓰러져서 지금은 요양원으로 모셨다. 전화를 걸어봐도 내가 누군지 모른다. "아, 있잖아요, 그때 중국 간다고 50만 원 꿔 주셨던 혜미!" 원래 빌려준 사람은 안 잊는 거 아닌가 싶어 이렇게 설명해도 몰라본다.

외할머니는 내가 베이징에서 공부를 하고 있을 때 쓰촨 대지진 뉴스를 보다가 엄마에게 전화를 걸어 나는 무사한지 물어보았다고 한다. 베이징에서 쓰촨까지는 우리나라를 통째로 넘는 거리인데 말이다. 또한, 남해 부근에서 고깃배의 조난 소식이 있으면 어김없이 엄마에게 전화를 걸었다고 한다. 혹시 낚시를 좋아하는 아빠가 바닷가에 나간 건 아닌지 걱정하는 거다. 관심 없는 듯하나 혼자 그 많은 대가족을 다 마음 써서 챙겼던 할머니가 몸져누우실 때까지 나는 관심 한 번 제대로 둔 적이 없었던 것 같다.

할머니는 매일 밤, 제일 큰이모네 식구들부터 순서대로 하나하나 이름을 외며 자손들의 무사평안을 위해 손을 빌며 하루를 마무리했다고 한다. 자식 아홉에 아들 손자며느리까지 100여 명이 되는 식구들을 두루 챙기던 할머니가 이제는 몸져누워서 용돈을 보내드려도 소용이 없고, 맛있는 걸 가져다드리고 싶어도 요양원에서 나오는 간식 외에는 드실 수가 없단다.

쌀농사를 많이 하는 경기도 이천으로 이사를 오고 보니 사시

사철 쌀농사 짓는 동네 사람들의 땀방울이 눈에 밟힌다. 기계도 기술도 없이 온전히 허리를 구부려 모종 하나하나를 심었을 그 시절 외할아버지의 쌀밥은 늘 한 톨도 남기면 안 되는 것이었다. 추수의 계절이 오고 명절이 다가오면 100명이 넘는 손님이 오가던 정신없는 외할머니 집이 생각나고, 코로나19로 요양원 방문마저 쉽지 않아 혼자 있을 외할머니가 가장 마음 쓰인다. 진작 더 잘해드릴 걸 그랬다고 생각하면서도 할머니가 건강하실 때 마음의 빚을 갚아서 그나마 얼마나 다행인지 모른다.

답장은 신속하게,
애정까지 담아야 제맛

엄마의 전자기기 활용 능력은 기대 이상이다. 스마트폰도 최신 기기만 사용하고 인스타그램에 일상도 종종 올리며 티브이나 내비게이션의 인공지능과 대화도 자연스럽게 나눈다. 엄마가 디지털 기기에 거부감 없이 최신 경향에 흡수되는 것이 자랑스럽다.

은퇴를 한 엄마가 쉬면서 좋은 곳이란 좋은 곳은 모두 찾아다니며 사진을 잔뜩 찍는 통에 항상 휴대전화 용량이 차 있다. 메신저 프로필 사진도 자주 바꾼다. 인터넷 쇼핑을 하는 법도 혼자 터득하더니 내가 엄마 대신 주문해줄 때보다 훨씬 많은 주문을 다양하게 한다. 그런데 오배송이 되거나 본인의 구매 의사 취소로 교환, 반품 등을 해야 할 때면 꼭 나의 손길이 필요하기에 여전히 심심찮게 딸을 찾는다. 그런데 엄마가 나를 찾는 시간이란 희한하게도 내가 휴대전화로 거래처나 손님과 중요한 응대를 하거나 운전을 하고 있을 때이다. 마치 징크스 같다. 그리고 내가 여유 있는 날 엄마에게 말을 걸면 엄마 역시 등산 중이거나 쇼핑 중이라 바쁘다.

그래서 엄마의 메시지에 종종 답변을 하지 못한다. 하지만 이것도 핑계에 불과하다. 고객 응대는 즉각 즉각, 친구들의 메시지도 늦게 확인을 하게 되면 정중한 사과와 함께 꼭 답변을 하면서 말이다. 그러니까 엄마의 메시지에 답변을 하는 때는 내가 엄마에게 용건이 생겼을 때 그제야 지난 메시지에 대한 답변을 덧붙여서 내 할 말을 하는 것이다. 하지만 엄마는 언제나 괜찮다고 말한다. 내 답변이 느리다고 엄마가 서운한 내색을 비치는 일도 없다.

메신저가 지금처럼 활발하지 않던 시절에 엄마와 메일을 주고받은 적이 있었다. 내가 20대 때였는데 엄마가 처음 컴퓨터를 사용하며 컴퓨터 타자 연습을 하는 대신 나에게 매일 이메일을 써주었다. 그때도 나는 참 바쁜 척을 했다. 엄마가 메일을 2~3통을 쓰면 그제야 겨우 한 통의 답장을 썼다. 사업을 막 시작했을 무렵이라 누가 내 코 베어 가는 줄도 모르고 전력 질주밖에 할 줄 몰랐던 때였다. 하지만 아직 엄마 손이 많이 그리울 때라 엄마에게 메일을 받는 것이 참 좋았는데 그때도 읽을 때만 좋고 답장은 밀린 숙제처럼 어쩌다 한 번씩 했던 것이다. 그 때 엄마에게 받은 메일을 오랜만에 들어가서 보는데 엄마는 대답 없는 내 메일에 '왜 답이 없니?', '흥, 재미없어 답장 좀 보내봐' 하는 내용의 메일을 여러 번 보냈다. 엄마가 슈퍼마켓을 운영하고 있을 때였는데 '오늘은 손님이 많이 없네. 에고 심심해'라든지 '오늘은 비가 와서 장사가 안 되네'라는 내용도 있었다. 아직 완벽한 성인으로 성장하지 못해서 여전히 엄마 카드를 써대는 두 딸 때문에 장사가 잘 되어야만 했던 엄마의 상황이 지금 보면 못내 속상하다.

오랜만에 엄마와의 대화를 들여다보니 참 나는 중간에 잘라먹은 말도 많고 아예 대답을 하지 않은 일도 빈번했고 대답 또한 죄다 단답형이었다. 고객들에게 보내는 메시지에는 갖은 이모티콘을 다 붙여서 알랑방귀를 뀌면서 말이다.

엄마의 매일 아침은 딸들을 위한 기도로 시작된다. 그 기도는 하루도 빠짐이 없다. 나는 아침에 눈을 뜨면 스케줄 확인부터 하고 사무실에 가서 힘껏 일을 한 다음, 여유가 있으면 귀여운 개들과 놀고, 귀여운 개들 밥을 주고, 귀여운 개들 춥지는 않은지 확인하고 간식 주고 집에 들어와서 내 잠자리를 따뜻하게 만들어놓고 기분 좋게 하루를 마무리한다. 그러니까 하루 종일 부모님 생각을 한 번도 안 한 날이 부지기수인 것이다.

생각난 김에 엄마에게 빚졌던 답변을 하나씩 해볼까 싶다. 심지어 올해는 연초에 집에 한 번 내려갔을 뿐이다. 거의 1년간 아빠, 엄마를 못 본 것이다. 유학 시절에도 4개월에 한 번은 집에 왔는데 태어나서 이렇게 아빠 엄마와 오래 떨어져 있었던 적이 없었다. 올해가 가기 전에는 미뤄뒀던 '엄마 숙제'를 하나씩 해야겠다.

생각난 김에 엄마와 오랜만에 영상통화를 하려는데 아무래도 잘되지 않아 엄마에게 물어보았더니 엄마가 영상통화를 걸어왔다. 엄마의 얼굴이 화면에 나타나자 민망한 마음이 들었다. 내가 그간 답변이 늦었던 것은 어쩌면 엄마보다 휴대전화 활용 능력이 부족했기 때문인지도 모르겠다며 너스레를 떨어보았다.

요리를 못해도 괜찮아

어릴 적 세상의 맛있는 음식은 모두 부모님으로부터 배웠다. 우리 집은 가리비 구이, 대게, 킹크랩, 랍스터는 물론 각종 횟감과 홍합, 멍게, 해삼까지 해산물을 무척 즐겨 먹었다. 물론 어린 나의 입맛에 바다 음식들이 다 잘 맞는 건 아니었지만 사람들이 해산물을 귀하게 여긴다는 걸 크고 나서야 알았다. 대게의 살을 발라내어 다리 살 하나라도 더 자식들 입에 넣고는 내장이 든 게딱지에 밥을 비벼 먹던 아빠를 기억한다.

독립한 후에는 부모님에게서 배우지 못한 처음 보는 음식도 많이 먹어보게 되었다. 세상에는 새로운 음식이 끊임없이 생겨났다. 월급이라는 것이 생긴 후에는 내가 부모님을 끌고 다니며 맛있는 곳들을 소개하기 시작했다. 처음 부모님을 패밀리 레스토랑에 데려간 것도, 난에 커리를 찍어 먹는 인도 음식을 소개한 것도 나였다. 오랜만에 집에 가면 그리운 엄마 손맛을 맛보기보다 고향에 생긴 유명 프랜차이즈들을 발견해서 부모님을 모시고 데이트를 하고, 그걸 신기해하는 부모님 앞에서 으쓱했다. 부모님 역시 고향에 새로운 생긴 맛집이 있으면 나를 데리고 가지 못해 안달했다. 함께 밥을 먹을 기회가 1년에 몇 번 없는 우리 가족이 나름 매끼를 소중하게 보내는 방식이었다.

코로나19 때문에 식당 이용이 어려워지면서 새로운 트렌드로 떠오르게 된 것이 밀키트였다. 나 역시 대형마트도 없고 번개 같이 빠르다는 당일 배송도 되지 않는 시골에 살면서 전통시장에서 판매하는 신선한 재료로 요리를 하면 좋겠으나 요리 실력이 받쳐주지 않으니 밀키트에 의존하는 비중이 높아져 갔다. 알면 알수록 밀키트의 세계는 끝이 없었다. 처음 된장찌개, 김치찌개를 해 먹어 볼 때는 큰 감흥이 없었다. 그러나 태국식 팟타이나 유명 레스토랑에서나 본 티본스테이크, 새우 소금구이, 보리굴비까지 집에서 간편히 먹을 수 있는데 어떤 때는 재료를 직접 다 구매하는 것보다 저렴하고 무엇보다 내가 하는 것보다 훨씬 맛있으니 밀키트의 개미지옥에서 벗어나기가 어려웠다. 집에도 잘 안 내려오고 혼자 잘 먹고 사는지 궁금해하는 엄마에게 나 잘 먹고 다닌다고 인증사진도 여럿 보냈다.

가까운 곳에 살며 가족들과 식사를 자주 하는 사람들이 부럽지만 부모님 집에 가서 밑반찬을 얻어 오고 싶다거나 엄마의 된장찌개를 먹고 싶다는 건 아니다.

자꾸 대외적으로 엄마의 요리 실력이 훌륭하지 못하다고 떠들어서 엄마에게 미안하다. 그렇지만 어쩔 수 없다고 생각한다. 사람마다 잘하는 일, 못하는 일이 있지 않는가. 그런데 엄마가 은퇴를 한 후에 요리에 재미를 붙였다. 유명 블로거들의 레시피를 하나씩 따라해 보기 시작한 것이다. 지금 엄마의 요리 실력은 꽤 많이 늘었다. 역시 수만 시간 공을 들여 안 되는 건 없나 보다. 그렇지만 엄마의 요리는 복불복이어서 어떤 날은 엄청 성공적이고 어떤 날은 망하기도 한다. 어쨌든 그런 엄마에게 밀키트가 얼마나 유용할까? 묻지도 따지지 않고 엄마에게 밀키트 몇 가지를 보내 보았다.

냉동 김치찌개 밀키트를 보냈을 땐 엄마는 콧방귀도 뀌지 않았다. 아무리 그래도 엄마가 김치찌개 정도는 꽤나 잘한다는 것이다. 밀키트보다 엄마의 김치찌개가 더 낫다고 말하는 엄마의 말을 듣고 나는 바로 동생에게 일러바쳤다. 우리 둘은 엄마의 자신감이 좀 어이가 없다며 키득거렸다. 그렇지만 이어지는 굴비, 홍어무침, 청국장, 장어탕, 해물탕 공세에 엄마는 끝내 나의 선택을 인정해 주었다. 뭐 해 먹을까 걱정이 없는 것이 가장 좋았고, 식당에서 먹는 것과 같은 맛과 품질에 아빠가 너무 좋아한다는 것이다. 아빠도 말을 못 해서 그렇지 나와 같은 마음이었던 것이 분명하다.

밀키트의 개발은 갈수록 치열해졌다. 코로나19의 여파로 오프라인 판매가 원활하지 않은 식당들이 수십 년의 전통이 담긴 비법 레시피로 식당에서 먹는 것과 같은 퀄리티의 다양한 밀키트들을 개발해냈기 때문이다. 조개샤부샤부나 활전복, 활새우, 불고기, 보쌈, 백숙 등의 밀키트들이 계속 배달되어 갔다. 아빠는 활오징어회가 먹고 싶다며 해 뜨기 전 일어나 진해에 있는 공판장에 가서 손수 횟감을 얻어 오는 분이었는데 산지 직송으로 냉동 포장이 되어 그야말로 전국의 산해진미가 배달되니 얼마나 좋아하셨겠는가.

라자냐나 마라샹궈는 부모님이 한 번도 먹어본 적이 없는 음식이다. 이마저도 밀키트로 만들어 먹을 수 있으니 요리를 하는 엄마도 신이 났던가 보다. 엄마가 먹방 인스타그램을 시작한 것이다. 인스타를 통해서 부모님의 밥상을 엿본다. 아빠와 한 상 가득 차려 먹는 사진을 보면 함께 먹지 않아도 내가 먹은 것과 같이 배부른 느낌이다. 나는 칭찬을 한 번 받으면 멈출 줄을 모르는 편이라 엄마와 아빠가 잘 먹었다는 얘기를 들으니 새로운 것, 신기한 것이 나올 때마다 자꾸 뭔가를 집으로 보내게 되었다. 내가 보낸 택배가 도착한 날은 아빠가 바깥에서 친구들과 먹는 밥도 마다하고 집으로 들어온다는 말을 들으니 이제 그만 둘 수도 없게 되었다.

집에 자주 가지 못하는 죄책감을 덜어낸 기분이기도 하고, 아빠가 은퇴 후 엄마의 눈칫밥을 덜 먹을 것 같은 안심도 되고, 무엇보다 평생 끼니마다 뭘 먹을까 걱정해야 하는 엄마의 고민을 덜 수 있으니 나의 효도에 스스로 칭찬해 본다. 요즘에야 부부가 함께 요리하는 집이 많아졌다고 하지만 요리를 잘하든 못하든, 취미가 있든 없든, 삼시 세끼 죽을 때까지 식구들의 밥을 챙기는 수고스러운 노동은 오랫동안 엄마들의 몫이었다. 예전에는 집에서 된장, 고추장을 만들어 먹었던 것이 이제 마트에 진열되어 있는 것처럼 시대가 바뀌며 이제 웬만한 요리는 밀키트로 대체되어 나와 엄마 같이 요리에 큰 뜻이 없는 사람도 맛있는 집밥을 먹는 시대가 온 것이다. 모든 사람들이 요리를 잘할 필요 없이 요리를 연구하는 것이 직업인 사람들이 정성스레 만들고, 기왕이면 한 집이라도 더 맛있게 먹어주고, 엄마의 노고는 조금 덜고 얼마나 좋은가. 예전에는 장맛이 변하면 집안이 망한다며 사 먹는 고추장을 마다했다던데 요리 못하는 것쯤이야 부끄러울 일도 아닌 세상이 되었다. 오랜 세월 동안 주방 일을 야무지게 해야 성에 찼던 엄마들의 손길은 늘 분주했다. 시대의 변화로 엄마의 손을 조금 더 거들어줄 수 있다면 기꺼이 더 맛있는 밀키트를 찾는 일을 멈추지 않을 것 같다.

인생도 길고
예술도 길다

난 참 많이 투덜거렸다. 하고 싶은 것도 많았고 배우고 싶은 것도 많았는데 엄마가 다 시켜주질 않았다고 말이다. 양궁 선수도 되고 싶었고 영화감독도 되고 싶었고 발레리나도 되고 싶었다. 하루이틀 반짝 바람이 분 것이 아니라 꽤 오랫동안 동경하고 알아보고 좇았던 꿈인데 아무리 졸라봐도 엄마는 각종 핑계를 대며 시켜주지 않았다. 하지만 지금 생각해보면 엄마는 시켜주지 못했던 거다. 풍족하지 못했던 살림이었으니까. 예고나 외고를 가고 싶었지만 기숙사비를 감당해 가며 엄마 곁을 떠나는 건 언감생심, 집에서 가까운 거리의 공립학교만 다닐 수밖에 없었다. 속상해서 교육방송의 중국어 회화만 죽어라 들었는데 독학이 원래 그런 것인지, 한국어 대화문은 기억에 남는데 그때 들은 중국어 중 지금껏 기억에 남는 문장은 하나도 없다.

엄마가 아예 아무것도 안 시켜준 것은 아니다. 큰맘 먹고 피아노를 한 대 사 주었으니 피아노는 꽤 오래 다녀야 했다. 중간에 관둘 수도 없었다. 비싼 피아노를 사 놓으라 했던 것에 대한 책임을 져야 했다. 운동이 하고 싶다고 하니 가장 적은 비용으로 할 수 있는 태권도만 배울 수 있었다. 나는 검도나 발레가 하고 싶었는데 여의치 않았다. 요즘 엄마들은 아이들을 위해서 얼마나 많은 선택지를 주고 또 지지해 주던가. 다시 태어나면 교육열이 높은 집에서 태어나고 싶다고 생각했다.

스무 살이 되어 생활비를 받아 들고 북경에서 혼자 지내며 드디어 내 마음대로 돈을 쓸 수 있게 되었다. 매일 맨밥에 마늘장아찌와 김을 먹으며 거의 모든 생활비를 학원비에 탕진한 내 이야기는 당시 친구들 사이에도 유명했다. 대학교를 다니며 태극권 과외와 중국 악기인 비파 과외를 받으며 어학 학원에 가서는 중국어, 영어, 일본어 세 과목을 들었다. 외국어 세 과목을 배우면 매일 외워야 하는 새로운 단어 수가 수십 개다. 한국어는 한마디도 쓰지 않으려고 인터넷도 설치하지 않고 중국 친구들과만 어울린 욕심쟁이였다. 매일 잠 잘 시간을 아껴가며 어떻게 그 많은 것들을 배웠는지 모르겠다.

그런데 과연 이 욕심 많은 유전자가 하늘에서 뚝 떨어졌겠는가. 사실 내가 이만큼 하고 싶으면 엄마도 그만큼 하고 싶었던 것이다. 그 하고 싶은 것 많은 딸들, 맨날 돈 내놓으라고 한 딸들이 징그럽게 대학원까지 마치고 나니 엄마가 드디어 숨을 돌렸다.

엄마가 오랫동안 운영하던 가게를 그만두고 일을 쉬게 되면 우울해할 줄 알았는데 그건 내 생각이었고, 엄마는 가장 먼저 집 앞 피아노 학원을 등록했다. 우리가 쓰고 남긴 피아노가 한 대 있으니 그걸 비로소 쳐 보고 싶었던 것이다. 은퇴 후 백수가 된 엄마가 가장 벼르고 있던 것이 피아노였던 모양이다. 어린 이들이 주 고객인 피아노 학원에 엄마가 갔더니 엄마와 비슷한 연배의 원장 선생님이 부담 없이 놀러 와서 친구가 되자고 했단다. 아이들이 어릴 때는 꿈도 못 꾸고 예순 살을 넘겨서야 학원 문을 두드린 엄마가 짠했나 보다. 하지만 피아노에는 큰 재능이 없었던지 그 후로 엄마는 국가 교육과정, 문화센터, 학원 등을 부지런히 쫓아다니며 바리스타 자격증을 취득하더니 인문학 수업, 노래 학원, 댄스 학원, 문학 수업, 사진 수업, 영어 수업을 골고루 들으러 다녔다.

최근에는 엄마가 미술 수업을 듣게 되었는데 우리는 처음으로 엄마의 미술 실력이 꽤 괜찮음을 알게 되었다. 미술에 문외한인 내 눈에도 쏙 들어오는 그림이 있기에 나는 한 점 구매하기로 했다. 엄마는 늘 긍정적이고 밝다. 그런 엄마의 성향이 그림에도 반영되어 내 집에도 걸어놓고 싶을 만큼 따뜻한 작품이 나온 것이었다. 물론 굉장히 수준이 높다고는 말 못한다. 엄마 작품이니까 내 눈에 더 좋아 보였던 것이다. 미술 작품을 걸어

놓으면 그 그림을 그린 작가의 기운도 함께 집에 들어온다던데 엄마의 긍정 기운은 언제든 환영이니까.

동생은 미술을 전공했다. 우리는 모두 의아해했다. 막 연필을 잡을 근육이 생길 적부터 매일 도화지가 남아나지 않도록 그림을 그려대는 동생을 보며 얘는 누구를 닮아서 그림을 이리 좋아하나 했다. 농담처럼 엄마는 어릴 적 그림 공부를 하고 싶었다고 말했다. 아홉 남매를 키우는 농부였던 외할아버지는 미술 공부는커녕 대학 공부를 시키는 것도 힘겨워 했는데, 그런 집에 대고 적성, 소질 운운할 사정이 아니었던 것이다. 엄마는 꿈이라는 것을 꾸지도 못한 채 교복에 단팥빵 하나를 입에 물고 둑길에 앉아 만화책을 읽던 소녀였다고 한다. 고등학교를 졸업하면 직장을 다니다 결혼을 해서 아이를 낳아 키우는 것이 당시 소녀들이 어른이 되는 수순이었다. 처녀 적 엄마는 직장 일이 바빠서 결혼하면 실컷 하고 싶은 공부 다 해야지 생각했지만 막상 결혼을 하고 나니 자신의 교육비에 돈을 쓰는 것이 쉽지 않았다고 한다. 그래서 항상 우리에게 뭔가를 배울 기회가 있을 때 최선을 다하라고 했다.

그런 엄마가 많은 세월을 돌고 돌아 드디어 본인의 적성을 찾은 것이다. 내가 또 극성 딸 아니던가. 엄마 작품이 엄마 메신저 프로필 사진에 하나씩 올라오는 것을 보고 슬그머니 엄마의 그림 인스타그램 계정을 만들었다. 작품 수가 많아지면 엄마 홈페이지도 만들고 온라인 전시회도 열어주고 기회가 된다면 조그맣게라도 오프라인 전시회를 열어주기로 했다. 엄마 지인들도 부르고 홍보도 잘해서 잊지 못할 멋진 전시회를 만들어 줄 것이다. 다행히 엄마는 예술혼을 활활 불태우며 신나게 현재 상황을 즐기고 있다. 엄마가 이렇게 말했다. 예전에 '인생은 짧고 예술은 길다'고 했는데 지금은 '인생도 길고 예술도 길다'고. 참 엄마다운 긍정적인 말이다.

아빠도 무거운 것을 들면
팔이 아프다

친한 친구들이 하나둘씩 결혼을 해서 엄마가 되고 아빠가 되었다. 그중 유치원생 아들을 둔 한 녀석이 아이 운동회에서 아빠들 달리기 시합을 하다 발을 접질렀는데 발목 인대가 파열되었다며 목발을 짚고 모임에 나왔다. 얼마나 애한테 1등을 안겨주고 싶었으면 발목이 돌아가도록 뛴단 말인가. 정작 자신이 학교에 다닐 때는 체육시간에 저리 열심히 하지도 않았으면서 말이다. '달리기가 장난이냐.', '스프린트를 하려면 최소한 며칠 전부터 몸 풀고 준비를 해야지' 친구들이 잔소리를 릴레이로 보탰다. 어릴 적 친구들은 원래 그렇다. 좋은 소리만 해주면 진짜 친구가 아니잖는가.

내가 유치원 다닐 때 우리 아빠도 참 열심히였다. 빨간 대야로 만든 그네에 올라탄 나를 지고 엄마와 아빠가 양옆에서 달리기를 하던 사진이 남아 있다. 여섯 살 때였는데 옛날부터 그 사진을 보고 자라서 그런지 나는 그 순간이 아직 기억난다. 유치원 근처의 초등학교를 빌려서 꽤 큰 규모로 운동회를 했는데, 밤에는 캠프파이어를 하면서 노끈으로 만든 꼬마 인디언 옷을 입고 춤을 추었던 기억도 있다. 그때 나의 아빠도 그렇게 달렸다. 지금의 내 나이보다 젊었던 아빠가 날쌔게 달려 골인하고 활짝 웃었다. 1등을 한 우리 아빠는 2등과 차이도 꽤 많이 났다. 30여 년이 넘는 세월이 지났는데도 아직 남아 있는 잔상이다.

옛날 유치원은 아빠들을 많이도 굴렸다. 어느 주말, 아빠와 등산을 함께 가는 행사를 했다. 엄마는 촌스러운 초록색 도시락통에 김밥을 싸주었다. 등산에서 1등을 하면 유치원에서 만든 조악하게 생긴 금메달을 준다고 했다. 내 눈엔 그게 너무나 예뻐 보였다. 아빠는 나를 어깨에 짊어지고 단숨에 정상까지 올랐다. 운동 하나는 자신하는 아빠였다. 우리가 1등이었다. 하지만 아쉽게도 팀플레이여서 1등은 다른 팀에게 돌아갔다. 다른 친구들 목에 걸리는 금메달을 보고 나는 훌쩍훌쩍 울기 시작했다. 우는 나를 보고 어쩔 줄 몰라 하던 젊고 기력 좋았던 아빠가 기억난다. 가만히 생각해보면 아빠가 노력했던 순간들이 다 떠오른다. 내 친구의 아들 녀석도 나중에 기억할까? 아빠가 자신의 운동회에서 달리다가 깁스까지 한 일을? 그래도 우리 아빠는 멋있게 1등을 했는데 자빠져서 인대가 늘어난 아빠는 좀 웃길 수도 있겠다. 하지만 어떠한가. 아빠와의 더없이 소중한 기억이 될 것이다.

아빠들은 언제나 자신이 할 수 있는 한 최선을 다했다. 세상이 만든 '아빠는 슈퍼맨'이라는 프레임이나 아이들이 기대하는 '우리 아빠가 제일 세다'는 기대가 아빠의 최선을 더욱 부채질한다. 아빠는 최선을 다하면서 아닌 척 태연하게 군다. 숨이 턱까지 차도 숨차다는 말 한 번 한 적이 없다. 더군다나 우리 아빠는 딸 둘 아빠라 딸들이 크고 나서도 무거운 건 늘 아빠 몫이었다. 여행을 가거나 할머니 댁을 갈 때면 아이스박스고 옷 가방이고 서너 개나 되는 짐을 지고 드는 건 다 아빠 몫이었다. 아들이 있는 집들은 아들이 곧잘 대신해주기도 하던데, 운전대도 아빠 대신 아들들이 많이 잡던데 내가 운전도 좀 더 잘하고 힘도 좀 센 딸이면 좋을 텐데 아빠가 워낙 곱게 키워서 그러질 못했다. 운전도 삘삘거리고 무거운 물건을 좀 들었다 하면 손목 인대가 늘어나 버리니 물리적으로 크게 도움은 못 된다.

아빠는 식구들뿐만이 아니라 다른 사람들과 식사를 하면 혹시 남들이 모자라게 느낄까봐 맘 놓고 먹지 못한다. 그런데 엄마는 음식을 남기는 것도 싫어할 뿐더러 짠순이라서 음식을 먹을 만큼만 시킨다. 어릴 적에는 발견하지 못했는데 스무 살이 넘어가자 그게 눈에 보였다. 아빠가 종종 몇 입 먹고 젓가락을 놓은 후 입을 다시고 앉아 있었단 것을. 아빠와 함께 먹을 때는 1인분씩 그릇이 따로 나오는 걸 시키거나 여럿이 함께 먹을 때는 4명이 6인분 정도는 시켜야 아빠가 마음 놓고 처음부터 먹을 수 있는 거란 걸. 그것도 처음에는 우리 밥그릇에 자꾸 뭘 올려주다가 우리가 먹는 속도가 느려질 때야 아빠 입속으로 들어간다는 걸. 그러니까 '자식들 먹는 것만 봐도 아빠는 배부르지' 하는 생각은 눈치 없는 자식들의 착각일지도 모른다. 그러니까 내 친구들과 소고기집을 가면 유부남이 된 애들이 제일 원 없이 먹는다. 집에서 아내가 안 챙겨주냐고 물으면 아이들 입에 넣느라 아내도 자신도 먹을 새가 없단다. 그럼 처음부터 많이 시키면 되잖아? 그것도 내 생각 같지 않은가 보다.

어릴 적 우리가 살던 오래된 아파트는 주차난이 심했는데 외출을 했다 비가 오거나 추운 날이면 아빠는 항상 엄마와 딸 둘을 아파트 입구까지 데려다주고 멀리 공터를 찾아 차를 주차한 후 비도 맞고 바람도 맞으며 들어오곤 했다. 어쩐지 그건 내가 아무리 커도 아빠를 대신해 줄 수 없을 것 같다. 아빠에게 받은 최고의 따뜻함이 아니었나 싶다. 세월이 많이 흘러도 잊지 못할 것이다. 우리 모두 집으로 들어와 손 씻고 기다리고 있으면 주차 자리를 찾아 아파트 주변을 뱅글뱅글 돌았을 아빠가 한참 후에야 후다닥 대문을 열고 들어와 몸 녹이고 손 씻으러 화장실 불을 켜고 들어가던 모습을 말이다.

유튜버가 된
순이 씨

엄마가 유튜브를 시작했다. 처음부터 엄마가 하겠다고 나선 것은 아니다. 내가 부추겼다. 손맛이 남다름을 자랑하는 다른 엄마들과는 달리 백종원 레시피를 참고하거나 밀키트로 요리하는 엄마의 일상이 재미있기도 하고, 기록에는 일가견이 있는 엄마가 카메라도 곧잘 만지니 영상을 만들어 보관하면 좋을 것 같다는 생각에서였다.

나는 엄마가 시대의 흐름을 잘 따라가는 것이 자랑스럽다. 아빠 엄마가 유튜브를 아주 오래전부터 즐겨보기도 했기 때문에 콘텐츠를 보기만 하는 것에 그치지 말고 생산자가 되어보는 것도 좋겠다고 단순하게 생각했던 것이다. 검색해 보니 60대 주부들도 자신의 끼를 발산하는 경우가 적지 않았다. 반면에 60대 사용자들은 콘텐츠 소비자 대비 제작자는 적다는 통계도 보았다. 승산이 있는 게임 같아 보였다. 나는 엄마를 살살 꼬드기기 시작했다. '부담스러우면 얼굴 안 나와도 된다.', '30초만 찍어도 되니 가볍게 시작해 보자.', '혹시 잘돼서 빵 뜨면 엄마 인생이 얼마나 재미있어지겠나.' 등등 온갖 사탕발림을 늘어놓았다. 마치 자녀 교육에 열 올리는 극성 엄마와 같은 모양의 극성 딸이 되었다. 설득력이 있었던지 어느 날부터 엄마는 꾸준히 촬영을 하고 말을 다듬고 연습하고 또 촬영을 하고 원본을 나에게 보내주었다. 나는 완성작을 마음 편히 감상하는 역할이 아닌, 엄마의 원본을 받아서 편집이라는 또 다른 뒤치다꺼리를 해야 할 처지에 놓였다.

처음에는 엄마도 편집까지 배워 보겠다고 열의를 불태웠으나 내가 만류했다. 편집이 단순한 것도 아닌데 '편집이란 무엇인가'부터 배우자니 시간이 많이 걸리고, 또한 센스 있는 영상을 만들려면 자막 넣는 것부터 장면 전환까지 해야 하는 작업이 한두 가지가 아닌데 배우고 연습하다 엄마의 열정이 식어버릴까 우려되었다. 반면에 나는 회사에서도 종종 편집 프로그램을 써서 영상을 만들고 홍보에 활용도 하니 이 작업이 그리 어렵지 않았다. 엄마의 영상은 보통 1분에서 3분 내외로 짧게 제작되는데 내가 손 빠르게 집중해서 편집하면 짧게는 10분 만에 영상 하나가 뚝딱 완성되는 것이다. 사실 내가 직접 편집을 하는 것보다 더 무서웠던 것은 엄마가 편집하겠다고 나섰다가 중간에 막히면 나를 호출하는 일인데, 멀리 떨어져 원격으로 엄마를 봐주는 것보다 내가 직접 하는 것이 훨씬 속 편하다는 생각이 들었다. 엄마에게 태그를 사용하는 법, 썸네일 만드는 법 등을 전화로 설명해야 한다니 상상만으로도 벌써 머리가 지끈거린다.

우리는 그렇게 일을 벌였고, 계정을 개설하고 콘셉트를 이리저리 바꿔 보며 채널을 키우는 재미에 빠져 있다. 엄마가 무얼 하나 시작하면 사실 나의 손발도 함께 바빠진다. 영상을 보내면서도 1안 2안 중 골라 쓰라거나, 촬영을 가기 전에 촬영 콘셉트까지 상의하는 바람에 봐주어야 하는 것이 한두 가지가 아니었다.

퇴근 후 집에 들어가 엄마의 영상을 편집하는 날들이 늘었다. 피곤하기도 하고 개수가 늘어날수록 귀찮기 시작한 것도 사실이다. 숙제처럼 엄마의 동영상을 미뤄두었다 하기도 했다. 엄마는 요즘 내 눈치를 진짜 많이 보는데 영상 하나를 줄 때마다 '바쁘니? 피곤하니?' 하고 물으며 조심스러워 했다. 나는 늘 괜찮다고 말하긴 하지만 속으로 '또 찍어 왔다니!' 하고 생각한 적도 있던 것이 사실이다. 그래도 막상 영상 편집이 끝나고 결과물이 나오면 뿌듯하다. 영상 속에 아빠와 엄마가 대화하는 목소리도 좋고, 엄마가 카메라 앞이라고 목소리를 가다듬고 고상한 척 이야기하는 것도 너무 웃겨서 가끔 혼자 실실대기도 한다. 아빠 엄마의 일상을 훔쳐보는 것도 즐겁다. 함께 있지 않아도 같이 살 때의 느낌이 새록새록 떠오르기도 한다.

엄마의 유튜브 채널의 콘텐츠는 점점 쌓여갔다. 한두 개 제작하고 그만두는 것이 아닐까 하는 우려도 해보았지만 편집의 고통이 없어서 그런지 엄마의 창작열은 꺼질 줄을 몰랐고 요리 영상 가짓수를 늘리더니 여행 갈 때마다 꽃구경 사진도 올리며 처음으로 조회 수 1천 회가 넘었다며 아빠와 함께 기뻐하기도 했다. 큰 이벤트가 없는 아빠, 엄마의 일상에 자꾸 들여봐 주어야 하는 무언가가 생긴 것이다. 아빠는 엄마 영상이 올라오면 티브이로 여러 번 재생해서 본다고 한다. 본인들이 여차저차 촬영한 것을 나의 자막이 더해져 군더더기 없이 깔끔하게 편집되어 나오는 것이 신기한 것이다. 사실 영상을 제작해 보면 알겠지만 제작자만큼 그 영상을 재밌어하는 사람도 없다.

다른 사람들이 볼 때는 그저 평범하고 얼기설기한 영상이겠지만 이 영상으로 가장 득 보는 사람은 아빠도 엄마도 아닌 나다. 10년 후, 20년 후 예전 부모님의 모습이 기억나지 않고 부모님의 목소리가 어렴풋할 때 예전의 아빠, 엄마의 대화 소리를 들으면 얼마나 뭉클해지겠는가.

몇 년 동안 내가 쓴 글을 모은 것도 시간이 지나고 보니 큰 자산이었다. 몇 년 전 일들이 생각나지 않을 때 이전에 기록했던 글을 보면 그날의 상황이 새록새록 떠오른다. 이처럼 영상도 꾸준히 쌓아가려 한다. 부모님 집에 갈 때마다 나도 참여하고 촬영도 도우면서 꾸준하게 우리 가족 영상을 올려 보아야겠다. 아빠의 낚시 브이로그도, 산행도, 단풍구경도 말이다. 보는 사람을 위한 콘텐츠도 중요하지만 그보다 가장 중요한 것이 우리가 즐거워야 지치지 않고 오래 할 수 있는 것같다. 그리고 그런 진솔한 일상들이야말로 어떤 구독자들에게는 재미와 감동을 줄 수도 있을 테니까.

채널명은 '집순이의 주부생활'로 지었다. 엄마의 이름은 '김순이'이다. 옛날사람 이름 같다며 부끄러워 하는 엄마에게 파이팅을 심어주고 싶었다. 부를수록 듣기 좋은 대표적인 한국 이름 아닌가! 나의 자랑스러운 엄마 순이 씨가 앞으로 한 60년, 70년은 더 자신 있게 하고 싶은 것 모조리 다 하고 살면 좋겠다. 그 때문에 내가 좀 더 바빠진대도 기꺼울 것 같다.

하고 싶은 것은
왜 그리 많았을까

한 달 생활비는 늘 빠듯했다. 버는 게 신통치 않을 때도, 여유가 좀 생겼을 때도 지갑은 언제나 목말랐다. 내가 나 하나 데리고 사는 데 이렇게 많은 돈이 들지 몰랐다. 벌면 버는 대로 그만큼의 지출이 생긴다. 나이가 들수록 필요한 것이 기하급수적으로 생기고 돈 들어가야 할 곳도 늘어난다. 아끼고 안 쓰던 사회 초창기 시절에 어떻게 지출 0원을 목표로 살 수 있었는지 의문이 들 정도였다. 나 혼자서도 씀씀이를 줄이는 게 쉽지 않은데 먹여 살릴 식구가 생긴다면 어떻게 감당을 할까? 나는 부모님의 울타리 안에서 살며 그저 철없이 태평했던 것 같다.

10대 시절, 공부를 많이 하는 것이 내가 할 수 있는 유일한 일이라 생각했고, 공부하는 데 드는 돈은 하나도 아깝지 않다고 생각했다. 매체에서 사교육비에 대한 이야기가 나오면 내 주머니에서 지출하는 비용이 아니라 눈도 깜짝하지 않았다. 그러면서 입시학원은 기본이고 교양을 쌓아야 하니 악기도 하나쯤, 체력도 중요하니 체육관도 꾸준히 다녔다. 초등학생도 아닌 고등학생 때였다. 그것으로 끝나지 않았다. 연주회가 있으면 예쁜 드레스를 빌려 입고 참가했고 운동을 하며 전국 곳곳으로 크고 작은 대회에도 빠지지 않았다. 방학 때는 중국으로 전지훈련을 보내 달라고 떼를 썼다. 인터넷 서점이 생기면서 매달 10만 원어치의 책을 사 보느라 늘 플래티넘 회원을 달고 살았다. 이것이 끝이면 좋은데 어학공부를 해야 하니 전자사전을 사 달라고 했고 동영상 강의를 들어야 하니 PMP를 사 내놓으라고 했다. 그 와중에 영화감독이 되고 싶다며 비디오카메라를 샀고 사진작가가 되고 싶으니 DSLR 카메라도 아까운 줄 모르고 샀다. 어린 마음에도 미래를 위한 투자는 정당한 것이라 여겼다. 나는 어마무시한 돈을 부모님께 갈취하며 내 욕심을 채우고 산 것이다. 매달 '엄마, 전자사전 사 줘, 30만 원', '엄마, 대회 나가야 해 30만 원' 이런 말을 들을 때마다 마음의 준비를 해야 하는 엄마의 마음이 얼마나 무거웠을까. 나 혼자 그런 것도 아니고 동생까지 둘이서 1인 1기기를 탐냈으니 아빠 회사 월급으로 감당이 될 리가 없었다. 결국 우리가 아빠 엄마를 일터로 내몬 것이다. 때로 주머니 사정이 궁한 때도 있었을 텐데 부모님은 내색 한 번 하지 않고 하고 싶다는 것은 다 마련해 주셨다. 그런데도 무슨 큰 빚을 졌다고 부모님은 자꾸만 우리에게 더 못 해줘서 미안하다고만 할까.

이제 나는 이렇게 살지 못한다. 내가 돈을 벌어보니 손이 떨려서 선뜻 뭔가를 시작하지 못하겠다. 어학학원 하나 다니고 체육관 한 군데 다니면 한 달 학원비가 벌써 30만 원을 훌쩍 넘는다. 그러면 꾸준히 한 가지를 하지 못하고 사정에 따라 흔들리게 된다. 야심 차게 학원 등록을 했다가도 사정이 나빠지면 다음 달 등록을 고민한다. 그러다 보니 부모님이 보내준 학원보다 등록일수가 훨씬 들쭉날쭉하다. 하지만 어릴 적 집안 사정이 어렵다고 학원을 끊어야 할 위기가 왔을 때는 얼마나 서러웠는지 모른다. 그래서 학원 운영에도 성인부보다는 학생부가 훨씬 더 안정적이고 활발하게 돌아가는 것임이 분명하다. 여전히 많은 부모들이 기꺼이 본인의 등골을 자식들의 교양과 지식으로 바꾸길 원하니까 말이다.

어릴 적부터 나는 부족한 것 없이 잘도 누리며 살았다. 아빠는 최선을 다해 아빠가 할 수 있는 모든 노력을 했고 물심양면으로 딸들의 '니즈'를 충족시켜 주었다. 나는 부모님보다 더 많은 지원을 받고 부모님보다 더 많은 교육을 받았는데 부모님보다 잘 살지 못한 것이 어떻게 내 탓이 아닌 남 탓일까. 내가 못 살겠다고 볼멘소리를 하면 부모님 억장만 무너질 뿐이다. 부모님이 받은 교육과는 차원이 다르게 애지중지 키워진 아이들이 먹고살기 힘들다며 다시 부모님 품으로 돌아오는 캥거루족이 되어도 이를 지켜보는 부모님은 자식 탓이 아니라 사회 탓이고, 좋은 사회를 만들어 주지 못한 기성세대 탓이라며 또다시 본인이 짐을 짊어지려 한다. 우리들은 '너는 장차 큰 인물이 될 것'이라고 '네가 우리 집 희망'이라고, 기분 좋은 기대를 받으며 저마다의 희망을 갖고 컸을 텐데 말이다.

아빠가 나보다 나은 조건이 단 한순간이라도 있었던가. 옛날 사람들이 살기 편했다고 하는 것도 일부일 뿐이다. 어떤 아빠들은 대학을 졸업하고 탄탄대로를 달려 노후를 보장받고 사는 것이 어쩌면 우리 세대들보다 나아 보일지도 모르지만 어떤 아빠들은 위로는 부모님을 모시고, 끝없는 자식들 뒷바라지에 나이 들어서도 돈 천 원에 고민하며 살아간다. 우리 부모님들의 인생을 생각해 본다. 아빠에겐 안정된 직장이 있었고 운이 좋게도 정년퇴직을 했지만 아빠의 동료 중 절반 이상은 명예퇴직을 했다. 아빠는 직장에서 나오는 월급으로만 먹고살 수 있을 것인가 걱정하며 엄마와 함께 여러 사업을 고민했다. 일본식 꼬치 가게도 운영했고, 노래방도 운영했고, 슈퍼도 운영했다. 아빠, 엄마는 누구보다 열심히 일했다. 아빠가 부동산을 구입

하고 월세도 받을 수 있었던 건 순전히 아빠 스스로의 노력 덕분이었다. 우리의 아빠들은 어느 누구도 순탄하게 살았던 분들이 없다. 잘사는 아빠들은 우아하게 보이지만 미친 듯이 발길질을 하는 백조와 같을 뿐이다. 이 시대의 아빠들을 둘러보면 이렇듯 아빠의 이름으로 열심히 살아온 멋진 분들이 참 많다.

로또에 당첨되면
좋았을 텐데요

엄마가 서울행을 결심했다. 엄마가 집 밖을 나서는 건 연례행사다. 친구네 엄마들은 종종 자식 집에 놀러 와서 겸사겸사 다른 동네 구경도 많이 한다는데 우리 가족은 온 가족이 집에서 같은 루틴으로 일상을 즐기기를 좋아하는 집순이들이다. 물론 여행도 좋아하지 않는다. 부모님이 큰맘 먹고 딸들 집을 방문하는 이유는 딱 한 가지, 우리가 이사를 했을 때다. 새 집과 새 동네가 어떤가 염려되고 걱정되어 단 한 번 행차를 하고 그 후에는 웬만해선 움직이지 않는다. 이번에는 동생이 이사를 하게 되어 일하는 아빠를 집에 남겨 두고 엄마 혼자 서울행을 했다. 충청북도에 사는 나도 꾸역꾸역 서울로 올라갔다. 오랜만에 세 모녀가 서울에서 상봉을 했다. 간만에 서울로 놀러간 나도 신이 났다. 사 먹고 싶은 것도, 가고 싶은 곳도 많았다. 동생은 나름 젊은 트렌드를 보여 준다며 나이 든 엄마와 시골 사는 나를 위해 신기한 곳을 많이 데리고 갔다. 카페도 가고 액세서리 가게도 들르고. 아빠 없이 여자들끼리 다니는 나들이가 자못 새롭기도 했다.

마침 날도 참 좋을 5월이라 엄마와 처음 한강 나들이를 갔다. 동생은 해질녘 한강에서 치킨을 먹자고 했다. 그건 나도 해 본 적이 없던 낭만이었다. 우리는 돗자리를 싸들고 한강공원을 찾았다. 차박을 하거나 캠핑을 하는 사람들이 많았다. 그늘 자리를 골라 앉았는데 바람이 꽤 불어 머리가 날렸다. 오랜만에 가 본 복잡한 한강이 나쁘지 않았지만 시골에서 상경한 나는 서울 풍경에 정신이 없었다. 자전거를 타는 사람도 많았고 산책하는 강아지도 사람만큼 많았다. 한강의 풍경을 둘러보다가 선상 레스토랑이 눈에 들어왔다. 검색을 해보니 선상에서 조개구이를 먹을 수 있었다. 가격은 3인에 11만 원이었다. 나는 잠시 고민했다. 2만 원짜리 치킨 먹자고 온 한강이었다. 11만 원. 한 끼 식사에 11만 원. 한강에서 지는 해를 바라보며 치킨을 뜯는 것도 재미있겠지만 한강변에서 엄마와 조개를 구워 먹으면 얼마나 더 낭만적이겠는가. 서울에 자주 오지 않는 엄마와 자주 만나지 못하는 식구들이 함께 이 정도도 못 먹으랴 싶어 이야기했더니 다들 반응이 시큰둥하다.

"얼마야?"

"안 비싸?"

우리 집이 이렇게 가성비를 많이 따진다. 내가 사겠다고 해도 그런다. 서울에서 밥 먹을 기회가 몇 번이나 있다고 좋은 거 먹자며 졸라서 배 위로 올랐다. 확실히 돗자리를 깔고 앉아 있는 것보다 바람은 덜 불고, 아무리 몇십 미터 차이라고 해도 공원에 앉아 즐기는 것과 강 위에 떠서 해가 지는 강변을 바라보는 느낌은 또 다른 것이었다. 조개가 익어가자 엄마는 맥주 한 병을 시켰다. 생각보다 조개는 싱싱하고 양도 많았으며 맛있었다. 나는 나의 선택을 후회하지 않았다. 시원하게 카드를 긁었다. 맥주 한 잔에 기분이 좋아진 엄마가 쌍따봉을 날렸다. 엄마는 요즘 내가 한 턱 쏠 때 가장 행복해 보인다.

부모님에게 용돈을 드릴 때 금액이 고민되면 늘 많은 쪽으로 택했다. 10만 원 드릴까, 20만 원 드릴까, 고민되면 20만 원을 드리는 것이다. 그때뿐이다. 뒤돌아서면 잊게 되고 10만 원 아낀다고 특별히 내 생활에 변화가 생기는 것도 없다. 내 것을 사며 엄마 것 하나 더 살까 말까 고민될 때는 그냥 과감하게 샀다. 엄마가 사용할지 안 할지 고민하지도 않았다. 분명 미리 물어보면 마다할 것이기 때문이다. 일단 질러놓고 엄마가 사용하지 않으면 내가 하나 더 사용하면 된다. 그래서 나는 돈을 벌기 시작했을 때부터 내 기준으로는 결코 박하지 않는 선물과 용돈을 드렸다. 언젠가 내가 결혼하고 내 가족이 생기면 아마 부모님에게 소홀해질지 몰라서 미리미리 효도하고 다짐했기 때문이었다. 그런데 여태 혼자 살고 있는 덕에 그 '미리미리'가 한

정 없이 길어지고 있다.

얼마 전 부모님이 돌아가시는 꿈을 꾸었다. 부모님 돌아가시는 꿈이 꿈 중에 제일 좋은 꿈이라고 하지만 나는 어릴 적부터 가족들이 꿈에서 자주 죽었고 그럴 때마다 울거나 끙끙 앓으며 잠에서 깼다. 그러면 며칠간 기분도 우울하고 괜히 부모님 생각이 더 많이 나곤 했다. 그런데 금번 부모님이 돌아가신 꿈을 꾸는데 꿈속에서 내가 이런 생각을 하고 있었다.

'그간 나는 아빠, 엄마에게 해드릴 수 있는 한 최선을 다했고 더 잘하라고 해도 못했을 것이다. 부모님이 살아계셔서 내가 잘 사는 걸 더 오래 볼 수 있으면 좋겠지만 인연이 여기까지면 나는 기껍게 받아들이고 마지막까지 최선을 다해 보내드려야겠다.'

꿈을 깨고 나니 기분이 참 묘했다. 소리를 지르거나 눈물이 흥건해져서 일어나야 정상인데 의연하게 꿈에서 깬 것이다. 내가 이렇게 성숙하게 아빠, 엄마와 헤어질 준비를 하고 있다니 현실의 나는 전혀 그렇지 않은데, 아빠, 엄마가 없으면 하루도 못 살 것 같은데 말이다. 그런데 생각과 행동은 또 다른 것이었던지 좋은 꿈을 꿨다고 읍내에 들러 로또를 사고 있었다.

로또에 당첨되면 부모님이 좋아하는 것을 많이 사드리려고 했는데 또 개꿈인지 당첨번호는 맞질 않았다. 그 대신 나는 다시 내 지갑을 털어 여름인데 몸보신하라고 삼계탕 밀키트를 보내드렸다. 영문도 모른 채 엄청 잘 드셨다고 한다.

예순 살의 첫 호캉스

엄마가 오랜만에 또 서울행을 했을 적 얘기다. 보통 우리 식구는 서울에 갈 일이 생기면 동생 집에 끼어 자곤 한다. 동생 집이 있으니 서울에서의 숙박은 당연히 무료다. 숙박료에 굳이 비싼 금액을 지불한 이유가 없었다. 하지만 지난번 부모님이 서울에 오셨을 때 호텔에서 하루를 보내고 무척 만족하신 듯 보였다. 그로부터 2년이 지나 다시 찾은 서울이었다. 이번에도 동생 집에서 하루를 묵는다는 엄마의 말에 나는 슬그머니 호텔을 예약했다.

부모님은 평생 호화로운 여행을 해본 적이 없다. 늘 가성비를 따지고 평생 아끼고 모았다. 게다가 우리 집은 여행을 좋아하지 않기 때문에 휴가를 가거나 해외여행을 가는 일이 거의 없다. 그래서인지 비싼 호텔의 숙박비를 결제해도 그다지 아까운 줄 몰랐다. 연중행사도 아닌 그보다 더 가끔 있는 일이었기 때문이다.

때는 가장 더웠던 8월 중순이었다. 가격도 가장 비싼 성수기에 엄마를 호텔로 모셨다. 엄마는 호텔 가격이 얼마인지 아직도 잘 모른다. 이날 하룻밤의 호텔비는 나의 두 달치 월세와 맞먹었다. 그렇지만 부모님이 건강하실 때 좋다는 호텔에 가서 실컷 먹고 놀고 즐기고 싶었다. 부모님이 아프고 난 후에 좋은 곳을 보며, '아, 엄마와 함께 왔으면 좋았을 걸' 하며 후회하기 싫었기 때문이다.

동생도 회사에 반차를 내고 왔다. 우리 셋 다 처음으로 가 본 호텔이었다. 초행자 티를 내며 두리번거리다 로비에서 사진부터 한 장 찍었다. 객실로 들어가서는 고층에서 바라본 뷰가 좋네, 침구가 좋네, 화장실이 끝내주네, 호들갑을 떨었다.

무척 더운 날이었기 때문에 야외 수영장으로 바로 나갔다. 래시가드를 처음 입어보는 엄마는 수영한 지 10년이 넘었다고 했다. 물에 들어가지 않으려는 엄마를 빠뜨려서 함께 수영을 했고, 선베드에 앉아서 치킨과 짬뽕을 시켜 먹었다. 치킨과 짬뽕 가격에 놀란 엄마가 금을 넣었냐 은을 넣었냐 궁시렁댔다. 동생과 나는 이런 곳에 와서는 그런 생각하지 않고 그냥 먹는 거라고 했다. 그래놓고 결국 엄마가 제일 맛있게 드셨다.

엄마는 처음엔 수영을 안 한다고 하더니 해가 져서 문을 닫을 때까지 수영장에서 나올 생각을 하지 않았다. 밤이 되어도 날씨는 후덥지근했고 물은 시원했다. 흘러나오는 음악은 감미로웠고 찍은 사진은 하나같이 끝내주게 잘 나왔다. 숙소로 돌아가자마자 엄마는 쓰러져 잠들었다.

조식을 먹고 차를 마신 것 외에는 아무것도 한 것이 없다. 여느 호캉스족들처럼 그저 구경하고 수영하고, 먹고, 누워서 쉬었다. 그렇지만 이 아무것도 아닌 일상이 엄마에게는 특별한 기억으로 남을 것이다. 그간 엄마는 서울에 들를 때마다 매번 동생 집을 대청소하는 것이 일이었기 때문이다. 나는 그게 무척 싫었다. 엄마는 동생과 내 집에 올 적마다 굳이 꺼내지 않으면 모를 책장 밑이나 소파 뒤의 먼지까지 다 뒤져서 치우고 간다. 그랬던 엄마가 선베드에 누워서 하루 종일 빈둥빈둥 쉬다 가는 걸 보니 기뻤다. 엄마에게 좋았냐고 물어보니 매년 가도 좋다고 한다.

'그러게 엄마, 돈 모아서 꽁꽁 숨겨두면 뭐해. 요즘 사람들은 이렇게 다 좋은 곳 가 보고 즐기며 사는데 우리라고 못 할 거 없잖아.'

다음 날 지인 아들 결혼식에 참석한 엄마는 딸들과 호캉스를 하고 왔다고 친구들에게 자랑을 많이 했다고 한다. 엄마가 친구들에게 자랑 한 번 할 수 있다면 뭐든 못 해주랴. 엄마가 호텔에서 참방참방 수영하던 모습이 계속 생각난다. 큰일을 해낸 듯 뿌듯한 여름이었다.

효도는 나무를 가꾸는 것과 같다.
늘 옆에 서 있어서 존재감이 없을 수도 있지만 신경 쓰면 잘 보이고
훨씬 더 잘 키울 수 있고, 아차 하면 시들시들해질 수도 있고,
깜빡하고 꽃 피울 시기를 지나칠 수도 있고.
내가 돌보지 않았는데 혼자 꽃을 피우기도 한다.

3장

함께한 추억,
함께 나눌
끝없는 이야기

아빠는 나 없으면 어떻게 살까

아빠는 은퇴 후에도 자꾸만 자격증을 따려고 한다. 이번엔 화물운송종사 자격시험을 따고 싶다고 했다. 아빠의 도전에 큰 박수를 보내는 바이지만 아빠가 일을 벌일 때마다 나도 함께 바빠지는 것이 사실이다. 신청부터 등록, 온라인 수강, 그리고 자격증 발급까지, 요즘은 온라인을 거치지 않고 하는 일이 드물고 그럴 때마다 아빠는 나의 손길을 필요로 한다.

사실 아빠의 부탁이 나에게는 그리 어려운 일도 아니고 클릭 몇 번만 하면 아빠보다 훨씬 더 쉽고 빠르게 처리할 수 있는 일이므로 나는 두 팔 걷어붙이고 나서는 편이다. 그렇지만 내가 아무리 귀찮은 척을 하지 않고 적극적으로 돕는다고 해도 부모님은 나에게 부탁하는 일이 미안하신가 보다. 아빠, 엄마가 둘이 어떻게든 해결해 보려고 애쓰다가 정 안 되면 그때 나에게 물어보는 거다. 나에게 맡기면 내가 너무 빨리 처리해서 허탈해하면서도 다음번에 또 두 분이 끙끙 앓고 나서야 이야기한다. 아빠, 엄마가 무작정 나에게 다 물어본다면 나도 지칠 수 있을 것 같지만 고생을 다 하고 나서야 나를 찾는 것도 속상하다.

이번엔 화물운송종사 자격시험을 신청했던 아빠가 1차 필기시험을 합격한 후 합격자 온라인 수강을 들어야 하는데 그게 잘 안 되었던가 보다. 아빠는 나에게 직접 말도 못하고 엄마를 통해 안내문을 전달해 왔는데 내용이 잘 이해가 되지 않는다는 것이었다. 읽고 보니 홈페이지에 회원가입을 해서 아이디와 비번을 입력하는 것이 아니고, 휴대전화로 본인 인증을 해서 로그인을 해야 하는 것이었는데 컴퓨터가 아닌 모바일로 하니 화면이 안내문과 달라 좀 헷갈렸던 모양이었다. 아빠에게 휴대전화 본인 인증을 해야 하니 인증번호를 달라고 했더니 이런 번호가 왔다.

'02-527-*****'

나는 어이가 없어서 웃어버렸다. 인증번호를 보낸 곳의 발신번호를 보내준 것이다. 인증번호가 뭔지도 모르면서 온라인 수강을 혼자 하겠다니, 마음이 급해진 나는 다음 달에 집에 내려갈 때 해결해주겠다고 하니 아빠는 그럴 여유가 없다고 했다. 나는 다시 엄마와 영상통화로 아빠의 휴대전화 모니터 화면을 보며 설명해주었다. 그런데 아이디와 비번이 없으니 매번 무엇을 볼 때마다 아빠에게 휴대전화의 본인 인증을 해달라고 해야 했기에 아빠의 아이핀을 대신 신청했다. 아빠에게 아이핀을 인증하겠다고 얘기하고 인증번호를 요청했다. 이번에는 인증번호를 잘 전달해 주었다. 아이핀 아이디와 비밀번호는 개인정보이니 아빠에게 전송을 했다. 그런데 얼마 지나지 않아 엄마에게 다시 연락이 왔다.

"딸이 아이핀으로 뭘 하라고 하는데 휴대전화로 해야 하는 건가?"라며 아빠가 걱정을 하기 시작하더라는 거다. 나는 당장 아빠에게 전화를 걸었다.

"아빠, 아빠 개인정보인데 내가 아이핀을 이용해서 사이트 가입을 할 수도 있는 거고 결제를 할 수도 있는 거라 그냥 알려 드린 거예요. 아빠는 아무것도 할 필요가 없어요."

나도 한 해 한 해 지나면서 불편한 것들이 늘고 있다. 컴퓨터를 처음 배울 때부터 함께했던 인터넷 익스플로러가 서비스를 종료함에 따라 마이크로소프트 에지에 익숙해져야 했고, 다음 서비스는 카카오톡 계정을 연결해야 사용할 수 있도록 바뀌었고, 휴대전화도 제때 업그레이드를 해주어야 하는데 미묘하게 변하는 작은 변화들에 잘 적응해야 한다는 걸 알면서도 '아, 또 바뀌었어. 이전 것이 편한데'라는 말이 절로 나오는 것이다.

40대가 되어서야 컴퓨터를 처음 접하고 50대에 스마트폰을 처음 만지게 된 부모님이 변하는 흐름에 따라가기는 얼마나 버거웠을까. 나름 아빠 엄마도 세상의 변화에 맞추어 가려고 유튜브도 보고 메신저의 이모티콘도 사용하지만 젊은 우리만큼 쉽지는 않을 것이다.

내가 스무 살이 되어 처음으로 집을 떠나 유학을 가면서 가장 걱정했던 것들이 이런 것들이다. 집의 인터넷 가입 기간이 끝나면 변경은 어쩌지? 티브이와 비디오의 연결이 안 되면 누가 손봐줄까? 실수로 냉장고, 냉동실의 온도 조절 버튼을 잘못 누르면 제자리로 돌릴 수 있을까? 하지만 나 없이도 부모님은 나름의 방법으로 살아가고 있었고, 내가 집을 떠난 지 20년이 다 되어 가는데도 큰 탈 없이 잘 지낸다.

내가 더 자주 연락해서 별일은 없는지, 부모님이 또 다른 공부를 하고 싶어하는 건 아닌지 물어볼 수밖에 없다. 다 큰딸이 바쁠까 봐, 귀찮을까 봐 말을 아끼는 부모님이 못내 안쓰럽다.

아빠도 아들 있는 집이 부러웠을까?

정확히 말하자면, 아빠에게 제사를 지내줄 아들이 없어도 괜찮을까? 이게 웬 구시대적인 소리? 제사를 없애는 집이 늘고 있고, 제사가 없다는 것이 결혼 시장의 스펙이라고까지 여겨지는 시대다. 하지만 우리는 대수롭지 않게 여길지 몰라도 아빠 시대의 사람들이라면 다를 테다. 아빠가 걷기 시작했을 때부터 해마다 제사를 지내며 절을 해왔으니까 말이다. 할아버지들과 아버지의 제사를 평생 지내온 아빠가, 제사야말로 조상과 나를 잇는 끈이라고 생각하는 아빠가 이런 생각을 하지 않았다면 오히려 이상한 일이다.

아들이 없는 우리 부모님은 죽고 난 후에 제사 대신 성당에 미사나 한 번 넣어 달라고 하셨다. 하지만 내가 언젠가 아빠에게 내가 살아있는 동안은 아빠 기일이 오면 통영에서 하던 음식 그대로 세상 융숭하게 차려 제사를 지내겠다고 했다. 아빠는 손사래를 치며 절대 그런 생각은 하지 말라고 했지만 올라간 입꼬리는 내려오지 않았다.

아빠는 5형제 중 맏이고 집안의 장손이었다. 어릴 적부터 할아버지와 단독으로 겸상을 하고 삼촌, 고모들과는 비교도 할 수 없을 만큼 귀하디귀하게 컸다. 그 시절의 장남이 받는 대우란 말하지 않아도 뻔하다. 동생들에게 없는 것도 아빠에게는 있고, 동생들이 못 먹는 한이 있어도 아빠는 배불렀다고 했다.

아빠가 결혼을 했을 때 집안에서는 당연히 아들을 기대했고 아빠는 진짜 괜찮은 것인지 아니면 괜찮은 척을 했던 것인지, 아들을 낳을 특별한 노력조차 하지 않았다고 한다. 아빠야말로 요즘 사람들같이 생각했는지 빡빡한 살림에 전통이나 미래의 일보다 현재를 즐기며 사는 것을 더 중요하게 여겼던 것 같다. 물론 동생과 나 둘 중 하나가 아들이었으면 하고 간절하게 바랐을 수도 있다. 그렇지만 아들을 낳으라는 어른들의 말에는 키워 줄 거 아니면 양육비를 달라고 딱 잘라 말했다. 그래서 나는 아빠가 진짜 아들에 대해 큰 생각이 없는 줄 알았다. 우리가 잘하기만 하면 잘 키운 딸이 열 아들 안 부러울 걸로 굳게 믿고 있었다.

그런데 그렇지 않을 수도 있겠다는 생각이 든 건 남자들 틈에서 일을 하며 30~40대 남자들의 아들과 제사에 대한 욕심에 대한 속마음을 듣고 난 후부터이다. 물론 사람마다 다르겠지만 내가 본 많은 젊은 남자들 역시 여전히 아들과 제사에 대한 기대가 있었다. 그것은 남자의 DNA였다. 아들이 자신의 대를 잇고 제사를 지내고 계보를 이어나갈 것을 바라는 것은 아들 가진 남자들의 속성이었다. 자연스러운 것이었다. 엄마가 딸에게 친구와 같은 딸이 되길 기대하고 함께 쇼핑을 하고 데이트를 하길 원하는 것과 똑같은 아들에 대한 바람일 뿐이었다.

아빠가 진짜로 아들이 없어도 괜찮다고 생각한 건 내 착각이 아니었을까. 최근에 나는 이것을 확신했다. 어느 날 작은 집 할머니가 나에게 아빠에게 잘하라고 이야기했다. 나는 그러마고 대답했다. 친척 할머니들이 아직도 아빠에게 아들이 없는 것이 서운하지 않냐고 묻는다고 했다. 아빠는 그렇긴 하지만 어쩔 수 없으니 절대 딸들에게 티를 내지 말라고 했단다. 작은 집 할머니가 그걸 또 나에게 곧이곧대로 전달한 것이다. 그렇구나. 아빠도 아쉬울 수 있겠구나. 아들이 있는 집에서 아들이 제 역할을 톡톡히 해 주는 것을 보면 아빠는 그것이 얼마나 부러웠을까. 그런데 아들 없는 아빠가 아들이 부러운 것은 어쩔 수 없다. 만일 딸이 없었다면 딸 있는 집이 또 부럽지 않았겠는가. 우리 집에 딸이 없었다면 엄마가 또 얼마나 서운했을까. 아들이 없는 집이 있고 딸이 없는 집이 있다. 딸 아들이 있는 집도 딸 둘, 아들 둘 이상 있지 않은 이상에야 형이, 남동생이, 언니가, 여동생이 없어서 서로서로 아쉬울 것이다.

허례허식이 많이 사라지고 있다. 내 기준으로 생각해보면 나는 그냥 죽을 때는 쥐도 새도 모르게 조용히 갔으면 한다. 화려한 장례식보다는 내 죽음이 예상될 때쯤 미리 지인들을 불러놓고 파티를 하든지, 혼자 조용히 기증할 수 있는 건 기증하고 싶다. 땅에 묻히기도 싫고 어디에 안장되는 것도 싫다.

점점 이렇게 생각하는 사람이 많아지고 있는 것 같다. 시대별로 중요한 것이 있고 덜 중요한 것이 있고, 개인별로 중요한 것이 있고 덜 중요한 것이 있다. 그렇지만 이건 내 생각일 뿐이다. 만일 우리 부모님이 저세상에 가신 후에, 매년 제삿밥을 얻어먹으러 세상에 내려온다 생각하고 가신다면 얼마나 마음이 든든하시겠는가. 그리고 남은 우리도 1년에 한 번 부모님을 정성스럽게 기리는 것이 뭐가 그리 어려울 것인가. 누구라도 부모에 대한 애틋함이 남아 있다면. 그것은 아들, 딸 가릴 것이 아닌 것이다. 딸로, 아들로, 그저 할 수 있는 최선을 다하면 되는 것이 아닌가 한다.

꿈과 희망의 부곡하와이

경남 창원에서 나고 자란 나에게 부곡하와이란 늘 즐거운 축제가 열리는 환상의 나라였다. 서울 사람들은 자연농원이 그런 곳이라고 하는데 경남 근방에서 컸던 내 또래들이라면 부곡하와이 한 번 놀러가지 않은 사람이 드물 것이다. 경남 창녕에 위치했던 부곡하와이는 연 200만 명이 방문했던 꿈과 희망의 나라였다. 유치원 캠프도, 학원 캠프도 부곡하와이에서 했다. 나는 인디언 복장을 하고, 짜라빠빠 노래를 따라 부르며 한 해 한 해 나박나박 자라났다.

어느 주말, 아빠가 예고 없이 "오늘 부곡하와이 가자"라고 말하면 우리는 "와아!" 하고 소리를 지른 후 짐을 챙겨 따라나섰다. 그런 날이면 일기에 부곡하와이를 갔는데 어떤 놀이 기구를 몇 번 탔고 수영을 몇 번 했으며 무슨 공연을 보았다고 상세하게 적었다. 지금 생각해 보아도 그곳은 꿈같은 나라였다. 놀이공원, 야외 풀장, 실내 수영장, 온천, 특설 공연장, 그리고 동물원까지! 자본주의에 감사해야 할 것이 있다면 어릴 적, 이런 꿈과 환상의 나라를 단돈 몇만 원으로 즐길 수 있었다는 것이다. 아직도 그 시절 허리에 튜브를 끼고 실외 수영장과 실내 수영장을 오가거나 어린이 미끄럼틀 한 번이라도 더 타 보겠다고 줄을 서던 풍경들이 오롯이 기억난다.

그런 부곡하와이가 폐장을 하게 되면서 부곡하와이 추억의 영상이 인터넷에 떠돌아다니는 것을 보게 되었다. 그 영상 속에서 본 것은 우리 아빠들의 젊은 시절 모습이었다. 촌스러운 수영모를 쓰고 아이들이 타고 있는 튜브 두 개를 꼭 잡고 있는 아저씨들의 모습이 꼭 우리 아빠와 비슷했다. 우리와 놀러 가면 아빠는 수영장에서 물장구 한 번 제대로 치지 않았다. 아빠는 통영 바닷가에서 자라 개헤엄의 대가다. 수영을 좋아하고 물을 좋아하는 아빠는 한 번도 부곡하와이를 제대로 즐긴 적이 없었다. 나는 어릴 적 여름마다 유행하는 최신형 튜브를 샀는데 짓궂은 남자아이들이 내 튜브에 매달리면 아빠는 그걸 떼어 보내고, 내가 미끄럼틀을 타겠다고 하면 어려서 미끄럼틀을 못 타는 동생을 달래고, 배가 고프다면 핫도그를 사 오고, 한 손에는 무거운 짐을 들고 한 팔에는 동생을 안았다. 아빠는 여름 내내 주말이면 우리가 그토록 좋아하는 부곡하와이에 갔다. 나는 실내 수영장도, 실외 수영장도, 놀이 기구도 모두 타야 했고 공연 시간에 맞춰서 공연들도 다 봐야 했다. 군무를 추는 화려한 러시아 미녀들이 내 눈에는 모두 공주님으로 보였다. 집에 오는 길에는 차 뒷자리에서 곧잘 잠이 들었는데 잠을 자다 집에 도착하면 걸어서 집에 들어가기 싫으니까 깨지 않은 척하며 아빠한테 업혀 들어가기도 했다. 그때는 좋은 줄 몰랐던 너무나 평화로운 주말들이었다.

그랬던 내가 어른이 되었다. 내가 초등학생이었을 때 너무 어려서 함께 놀기도 힘들었던 동생도 나와 나란히 삼십 대가 되었다. 서울에 살게 되면서 동생이 가장 먼저 한 일은 롯데월드 연간 이용권을 끊는 일이었다. 어릴 적부터 놀이공원에 대한 좋은 기억만 있던 동생과 나는 주기적으로 롯데월드와 에버랜드를 함께 방문한다. 이제 우리는 할인카드가 어떤 것인지 스스로 알아보고, 오가는 길에는 직접 운전을 하고, 대신 줄을 서 주는 아빠, 엄마 대신 직접 모든 놀이 기구를 기다려서 탄다. 그리고 몹시 지쳐서 집에 돌아온다. 적당히 놀면 되는데 소위 뽕을 뽑자고 지칠 때까지 노는 것이다.

우리는 줄을 서서 티 익스프레스를 탈 차례를 기다리며 어린 시절 엄마가 단 하나의 놀이 기구도 타지 않고 우리가 탈 기구의 줄만 서 주던 이야기를 했다.

"아, 엄마가 지금도 대신 줄 서 주면 좋을 텐데."

이런 철 안 든 소리나 하면서 말이다.

젊었던 아빠와 엄마가 그립다. 여전히 우리를 데리고 여행 계획을 짜 주고 뭘 먹을지, 어디서 잘지 모두 챙겨주면 좋겠다. 젊은 아빠 엄마 앞에서 떼도 쓰고 어리광도 부리는 세월이 딱 한 번만 다시 돌아왔으면 좋겠다. 부곡하와이에는 복작복작 지지고 볶았던 나의 어린 시절의 우리 네 식구의 추억이 많이 담겨 있다. 옛 영상들을 찾아보며 사무치게 그리운 그 시절을 추억해 본다.

옛집이
허물어진다

내가 네 살이 되던 1987년 겨울, 우리 집은 방 두 칸의 5층짜리 아파트로 이사를 했다. 그 집으로 이사를 가던 날의 장면이 내 생애 최초의 기억이다. 이사를 한 다음 날, 잠에서 깨어 여긴 우리 집이 아니라고 울었던 기억도 있다.

아직도 잊히지 않는 그 집의 주소는 5동 314호. 전화번호는 0551-87-3686이었다. 혹시 내가 엄마를 잃어버리고 집을 못 찾을까 봐, 집 주소와 전화번호를 단단히 외우도록 엄마가 일러주었다. 내가 중학생이 될 때까지 그 집에 살았고 나의 유년

기의 모든 기억이 그 집에 남아 있다. 그 옛집이 이제 허물어지고 재개발이 된다고 한다. 벌써 그 집이 재개발할 나이가 된 것이다.

앞 베란다와 뒤 베란다가 넓은 집이었다. 가스보일러가 들어오기 전에는 연탄보일러를 사용했다. 겨울이면 베란다로 나가 시간에 맞추어 연탄을 갈아주어야 했다. 검은 연탄을 넣으면 그것이 몇 시간 후에 살색 연탄으로 변하는 것이 신기했다. 살색으로 변한 폐연탄은 쉽게 바스러졌다. 그게 재미있어서 연탄꼬챙이로 살색 연탄을 살살 부숴 종국에는 베란다를 초토화시켜놓았다. 처음에는 아주 조금만 부숴 보려고 했는데 하다 보니까 멈출 줄을 모르고 쌓여 있는 여러 개의 연탄을 모두 잘게 다져 놓았던 것이다. 엄마의 고함소리가 5층짜리 아파트에 쩌렁쩌렁하게 울려 퍼졌다.

우리 집은 3층이었는데 베란다 창문 앞에 서면 바깥 풍경이 다 보였다. 엄마는 그곳에서 내가 큰 도로를 건너 학교에 갈 때마다 손을 흔들어 주었고, 나는 그 베란다에 서서 퇴근하고 오는 아빠를 우렁차게 불러댔다. 어렸던 동생은 작은 키가 베란다 창문에 닿지 않아 딛고 올라서서 볼 수 있도록 간이 의자를 하나 놓아주었는데, 시도 때도 없이 그 의자에 올라가서 작은 머리를 들이밀며 바깥을 내다보았다. 그래서 창문에 설치해 놓았던 새시는 항상 바깥쪽으로 축 늘어져 있었다.

밖에서 동네 아이들과 고래고래 소리를 지르며 놀고 있으면 엄마들이 베란다에서 소리치며 밥때를 알렸다. 여름이면 아파트 통로 앞에 늘 돗자리가 깔려 있었다. 우리는 밥을 짓는다며 풀을 찧고, 어디서 구해 온 스티로폼을 시멘트 바닥에 갈아서 온 동네가 스티로폼 부스러기로 가득하게 만들었다. 초등학생 시험 성적이 뭐 볼 게 있다고 시험 성적을 잘 못 받으면 엄마가 나가 놀지 못하게 했는데 그럴 때는 베란다로 밖을 내다보며 아이들이 노는 것을 바라보며 부러워했다.

엘리베이터가 없는 아파트였다. 나는 3층부터 1층까지 조용히 걸어 내려가는 법이 없었다. 항상 계단 서너 칸을 남겨 놓고, 안전바를 잡은 뒤 한 번에 쿵 하고 뛰어내렸다. 그러니까 내가 1층까지 내려가려면 대여섯 번 정도 쿵쿵 찧으며 굉음을 내고 다녔던 것이다. 1층에 사는 아줌마가 내가 내려오는 것을 기다리고 있다가 "혜미야, 좀 조용히 다녀"라고 이야기하면 나는 씩씩하게 "네에!" 대답하고 쌩하니 나갔다. 다음 날에도 쿵쿵거리긴 마찬가지였다.

엄마가 빨아준 침구와 빨래에서는 늘 햇살을 머금고 말린 뽀송뽀송한 냄새가 났다. 좁은 집이었지만 네 식구가 모여 앉아 식사를 할 수 있는 4인용 낡은 식탁이 있었고, 유리 상판이 덧대어진 식탁엔 엄마가 오려 붙인 가족사진이나 좋은 글귀, 네잎클로버 같은 것들이 끼워져 있었다.

소파도 없이 안방 티브이 앞에 다 같이 둘러앉아 티브이를 보았는데 일요일에는 〈날아라 슈퍼보드〉, 〈전국노래자랑〉, 〈우정의 무대〉를 차례로 봤다. 티브이를 보는 동안 엄마가 라면을 끓여 주었는데 나는 라면에 대파가 들어가는 게 싫다며 골라내고 먹었다. 라면 국물에서도 파 맛이 나는 것이 싫어서 한참 더 클 때까지 라면을 별로 좋아하지 않게 되었다.

그 후로 우리 집은 이사를 두 번 더 했다. 지금은 부모님 두 분만 사시는데 전에 살던 집보다 두 배 더 넓은 신축 아파트로 옮겼다. 엄마는 처음으로 그렇게 큰 집으로 이사를 해 매우 만족했고 동생도 드디어 자신만의 방이 생겼다고 좋아했지만 나는 그 집이 낯설고 어색하다.

요즘 아파트들은 모든 집들의 구조가 다 비슷하게 생겼다. 집 거실에는 다른 집처럼 티브이와 소파가 놓여 있고 방바닥에서 옹기종기 모여 자던 네 식구의 기억 대신 각 방마다 침대가 하나씩 놓여 있다. 호텔이나 잘 관리된 펜션 같기도 하다. 나는 아직도 열쇠 대신 디지털 도어 록이 설치된 그 새 집의 대문 비밀번호를 외우지 못한다.

새 아파트는 여름이면 아파트 단지에서 운영하는 어린이용 풀장을 개장한다. 아빠는 그것을 볼 때면 물놀이 좋아하는 우리가 더 어릴 적 이런 곳으로 이사를 왔으면 좋았을 거라며 안타까워한다. 하지만 우리가 살았던 옛 아파트에는 두꺼비집을 지을 수 있는 모래놀이터가 아파트 한 동 크기만큼 크게 들어서 있었고, 아파트 상가 문방구에는 가슴을 두근거리게 하는 뽑기 놀이가 가득 있었다. 아파트 담장도 넘기 쉽게 만들어져 있어서 그 담장을 오르내리며 '바이오맨', '후뢰시맨' 놀이를 했다. 이건 요즘 아파트에서는 경험할 수 없는 귀한 추억이다.

어릴 적 살았던 집은 어떤 형태이든 그 나이에 할 수 있는 꿈과 희망을 키우며 살기에 부모님과 살았던 옛집은 모두 좋았던 것 같다. 나 역시 그랬고 아마 지금 부모님이 사는 동네에서 자라는 아이들도 그곳에서 나름의 추억을 많이 만들 테다.

다음 주에 부모님 집에 내려가기로 했다. 낯설어진 부모님 집은 이제 내게 외박을 하러 가는 곳이 되었다. 어쩌면 옛집으로 이사한 첫날 낯설다고 울었던 것처럼 아직 새 집에서 별다른 추억을 만들지 못했기 때문에 생경해서 그럴지도 모르겠다.

아파트가 들어서면서 옛집이 사라져 가고 마을의 모습도 달라져간다. 우리는 옛것을 그리워하지만, 현재 누리고 있는 환경들도 조만간 옛것이 될 테니 귀하게 여겨야겠다. 이번에는 집에 가서 조금 더 오래 머무르다 오려 한다.

내 뒤에는
수호천사가 있다

태극권 국가대표 선발전을 앞두고 있을 때다. 나는 그때 국가대표라는 꿈이 너무나도 간절했던지라 고등학생 때부터 이어온 천일기도를 천일이 한참 넘도록 단 하루도 빠뜨리지 않았다. 성인이 되어 친구들과 술을 마셔 인사불성이 되어도 자기 전에는 나와 약속한 기도를 빠짐없이 했다. 몹시도 간절히 바라면 온 우주의 힘이 그 하나를 위해 움직인다고 했다. 나는 그 말을 믿었고 내 주변에 있는 모든 기운을 끌어모아 하나에 집중했다. 노력해서 무엇을 이룬다는 것은 기적과 같은 일이다.

그 기적에 나는 몹시 기뻤다. 하지만 나의 기쁨은 작은 축에 속했다. 엄마는 늘 내가 이룬 것들에 나보다 더 기뻐했다. 엄마가 나에게 들인 시간과 공과 비교하자면 나의 한낱 노력쯤이야 하찮게 여겨질 정도다.

나는 태어날 때부터 많은 사람들의 기도를 받았다. 엄마 배 속에 있을 적부터 제대로 태어날지 몰라 걱정이었다. 내가 태어날 예정일은 8월 3일이었다. 그렇지만 실제로 태어난 날은 8월 29일이다. 때가 되어도 아이가 나올 생각을 하지 않아서 걱정이 되었지만 다니던 산부인과에서는 그저 기다리라고 했단다. 열한 달이 다 되어갈 무렵에서야 다른 병원으로 옮겼을 때 새로 만난 의사가 노발대발하며 당장 수술을 진행시켰다고 한다. 지금과 같이 유도분만을 하는 사례가 적었고 의료기술이 발달하지 않았을 때였다. 수술을 해서 아이를 낳으면 큰일 나는 줄 알았고, 이모들 중 누구 하나 수술을 한 사람이 없었다.

어렸던 아빠와 엄마는 겁에 질려 당시 성당에 다니며 알고 지내던 모든 사람들에게 나에 대한 기도를 부탁했단다. 수술실에 들어가 집도가 시작된 그 시간 성당의 레지오 단원들의 나를 위한 기도가 시작되었다. 그렇게 마음을 졸이며 낳은 나를 안고 성당에 갔을 때 많은 사람들이 무사히 세상에 온 나를 진심으로 축복해 주었다고 했다. 훗날 엄마는 내가 진 기도의 빚을 잊지 말 것을 당부하며, 모르는 사람들을 위한 기도를 많이 하는 것으로 그분들에 대한 은혜를 갚아야 한다고 말했다.

건강하게 태어난 나는 그때의 걱정이 무색하게 지금까지 씩씩하게 잘 살고 있다. 아빠는 그때 나와 엄마를 다 잃는 줄 알았다고 했지만 우리 둘은 지금도 때때로 아빠에게 잔소리와 바가지를 긁으며 좋은 딸과 아내로 아빠 곁을 지키는 중이다.

그런 내가 태어난 1984년부터 지금까지 단 하루도 나를 위한 엄마의 기도는 빠진 날이 없다. 엄마는 아침에 눈을 뜸과 동시에 기도를 하고, 밤에 또 기도를 하며 잠이 든다. 엄마의 하루는 늘 나와 동생의 무사 평안을 위한 기도로 시작되고, 또 기도로 마감된다. 엄마의 기도는 꽤 약발이 있었던지 나와 동생은 살면서 이루고자 했던 모든 일들, 이를 테면 진학과 취업,

취미 혹은 노력했던 일들에 대해 노력한 만큼의 성과를 내었다. 큰 사고가 난 적도 아픈 적도 없었다. 얼마나 사건 사고가 많은 세상이고 얼마나 마음대로 되지 않은 세상인가. 그것은 나의 간절함보다 훨씬 더 농도가 짙은 엄마의 기도 덕분이라고 굳게 믿는다. 아직도 특별한 일이 있는 달이나 큰일을 앞두고 있을 때 엄마에게 이야기한다.

"엄마, 이번 달에는 평소보다 두 배로 더 세게 기도 좀 해줘."

사실 엄마의 지극정성에 비하면 나의 기도는 좀 왔다갔다하는 편이다. 특별한 일을 앞두고 있을 때는 열심히 했다가 사는 것에 여유가 생기면 까맣게 잊고 쉬는 태평한 기도다.

평생 살아있는 동안 나를 위해 기도하는 나의 엄마. 세상의 많은 부모님들이 아이를 위해 그러할 것이다. 나는 아직도 다양한 일에 도전하고 그때마다 마치 맡겨 놓은 것처럼 말한다.

"엄마 이번 달도. 기도 더 많이."

내 뒤에는 수호천사가 있다. 엄마라는 이름의 천사가. 엄마의 기도가 나를 지켜줄 것이니 무얼 하든 늘 잘 될 거라고 믿는다.

내 장르는 코미디,
그리고 해피엔딩

살다 보면 부모님이 나에게 잘못을 하기도 하고, 돌연 어릴 적 엄마가 나를 서운하게 했던 일이 생각나기도 하고. 가끔 엄마한테 하소연도 하고 투닥거리다가 또 이내 풀고 그렇게 살아간다. 보통 부모님에게 서운한 일을 이야기하면 엄마들은 어떻게 대답을 할까? 요즘 부모님들은 '그래, 내가 미안해. 잘못했어' 하고 드라마 대사처럼 사과할까? 그런데 내가 이래저래 투덜거릴 때면 우리 엄마는 늘 한결같이 대답한다.

"야, 그런 걸 뭐하러 기억하냐? 잊어버려."

미안하다는 일언반구도 없이 뻔뻔하게 그냥 '잊어버려라'고 얘기한다. 애교 섞인 목소리는 덤이다. 그리고 급히 화제를 돌려버린다. 그럼 우리는 다른 웃긴 이야기로 돌아가서 다시 깔깔거리며 웃는다. 하지만 엄마가 그냥 웃어넘기고 잊기만 한 것은 아닐 것이다. 내가 한 번 서운하다고 이야기한 일을 두 번 서운하게 하진 않았기 때문이다. 어쩌면 엄마는 표현하진 않았어도 내가 무심결에 한 이야기 때문에 그날 밤 잠 못 이루었을지도 모른다.

나는 여동생과 여섯 살 차이가 나기 때문에 차별 아닌 차별을 많이 받았다. 동생이 너무 아기였기 때문에, 내가 일곱 살이 되던 해부터 어른스러운 모습을 기대받았기 때문이다. 엄마는 내가 동생을 잘 돌보는 아주 큰 아이라고 생각했다. 집에 있는 가장 좋은 것이 동생에게 돌아가는 것은 당연한 일이었다. 한 번은 초등학생인 나에게 공부하라며 내 방문을 닫아두고 동생과 엄마만 맛있는 꽃게 살을 빼먹던 것을 발견한 적이 있다. 서운한 건 기억에 오래 남는 법인지 아직도 엄마가 안방에서 노란

쟁반에 꽃게를 담아 동생만 먹이던 장면이 생각난다. 그 얘기를 했을 때도 엄마는 예의 그 태평한 목소리로 말했다.

"에이, 나쁜 기억은 잊어버려라."

엄마는 그런 적이 없었던 것 같다며 생각이 나지 않는다고 오리발도 내밀었다. 그렇지만 내가 어릴 적 이야기를 끄집어내며 엄마를 몇 번 괴롭힌 후, 언제부턴가 엄마는 웬만해선 내 편을 들어 주었다. 동생이 없을 땐 뒤에서 나와 함께 동생 흉도 실컷 봐 주고, 동생과 셋이 삼자대면을 해야 할 때에는 묘하게 중립을 지켜주기도 했다. 언젠가 엄마는 엄마 친구의 이야기를 빗대며 에둘러 말한 적이 있다. 친구가 그랬다며 첫딸은 크면 클수록 마음 아프고 못 해준 것이 미안하다고 말이다. 꼭 나를 두고 하는 말 같았다. 속사정이야 어떨지 모르겠지만, 꽃게 한 조각도 나에게 나누어주지 않았던 엄마가 나에게 얼마나 미안했을까? 낯뜨거운 말은 못하는 엄마라 아마 평생 나에게 곧이곧대로 말하진 못할 테다. 그렇지만 늘 그렇듯 엄마는 나에게 밝고 즐겁게 풀어서 표현할 것이다.

나는 어릴 적부터 좋은 일이 없어도 웃고 다녔다. 나는 내가 웃고 다니는 줄 몰랐다. 내가 밝은 아이라는 것은 사람들을 통해 알았다. 사람들은 종종 내게 좋은 일이 있냐며 묻는다. 의도하지 않은 나의 밝음은 엄마의 밝고 경쾌한 모습을 그대로 물려받은 것 같다. 유전적으로 물려받기도 했겠지만 엄마의 평소 모습을 보며 거울처럼 닮아가기도 했을 것이다.

엄마는 내가 슬프거나 우울한 내용의 드라마를 보고 있으면 '저런 건 보지 말아라', 사건 사고가 생겼다는 뉴스를 보면 '저런 일은 평생 마주치지 않아도 된다', 심지어 세상에서 제일 재밌다는 싸움 구경이나 불구경이 눈앞에 생겨도 다른 쪽으로 우릴 끌고 가며 '저런 걸 보면 뭐하니' 했다. 엄마는 늘, 좋은 것, 밝은 것, 즐거운 것만 보여주었다. 평생 엄마에게 그러길 강요당해오던 나는 그래서 늘 좋았던 것 같다. 내 장르는 항상 코미디에 해피엔딩이었다. 무슨 일이 닥치든 긍정적으로 생각했고 즐겁게 살았다. '어차피 일어날 일이면 일어나라' 하고 해결했고, 벅차 보이는 목표도 누군가는 해내는데 왜 나는 하면 안 되냐며 마냥 될 줄 알고 도전하며 살았다. 엄마에게 물려받은 가장 좋은 것이 바로 이 긍정적인 마인드와 삶에 대한 밝은 자세가 아닌가 싶다.

그렇다고 엄마가 부잣집 딸이어서 마음이 풍요로웠던 것도 아니었고, 평생 엄마의 삶이 녹록했던 것도 아니었다. 평범한 직장인이었던 아빠는 젊을 때부터 노후에 대한 걱정으로 많은 준비를 했다. 할머니를 평생 부양했던 아빠는 자식들에게는 그런 부담을 주지 않을 거라며 엄마와 함께 많은 고민을 하며 살았다.

사는 것에 무척 치인 어느 날, 아빠는 엄마와 함께 공원에 나가 솜사탕을 파는 사람을 바라보며 엄마에게 주말에 솜사탕 장사라도 해야겠다고 말했다. 엄마는 기계가 준비되면 평일에는 엄마가 나가서 팔겠다고 씩씩하게 말했다. 아빠는 엄마의 그 말이 무척 고마웠다고 했다. 대부분의 엄마들이 가정주부였던 시절이었지만 엄마는 뭐든 할 준비가 되어 있었다. 결국 우리 집은 동네에서 작은 슈퍼마켓을 운영하게 되었고, 20년 동안 엄마는 그 작은 슈퍼마켓을 본인의 놀이터 삼아 신나게 일을 했다. 슈퍼마켓 일을 적지 않게 도와준 나는 속사정을 가장 잘 안다. 그 일이 마냥 신날 리가 없다. 별별 손님들이 와서 시비를 걸어도 허허 웃고 넘어간 것은 엄마였기 때문에 가능한 일이었다.

살다 보면 많은 스승을 만나게 된다. 그중 우리 부모님과 같은 스승을 만난 것은 평생의 재산이 분명하다. 아빠에게는 지치지 않고 열심히 사는 삶의 자세를, 엄마에게는 긍정적이고 밝게 사는 삶의 태도를 배웠다. 부모님은 내게 최고의 스승이다.

아빠를 트렌드세터로
인정합니다

아빠는 패션과 유행에 민감한 사람이다. 머리 스타일이 마음에 들지 않으면 그날은 사진을 절대 찍지 않는다. 옷을 좋아해서 아빠 전용 옷장이 따로 있는데 옷장 속에는 잘 다려진 옷이 수십 벌이다. 연예인 옷장이 부럽지 않다. 거의 드라이클리닝을 해야 하는 옷들이라 한 달 세탁비도 만만찮게 든다. 언젠가 한번은 아빠 생일을 맞아 쇼핑을 했는데 엄마가 정장 두 벌을 한꺼번에 사 주었다고 한다. 아빠는 그날 너무 기분이 좋아서 쉽게 잠들지 못했다고 했다. 외꺼풀인 아빠는 20년 전에 쌍꺼풀 수술도 했다. 안검하수 수술도 유행하기 전이었는데 가장 큰 형님이었던 아빠가 쌍꺼풀 수술을 해 오자 온 집안 식구들이 들썩거린 적도 있다.

내가 사회 생활을 해서 돈을 벌기 시작했을 때 처음으로 아빠에게 겨울철 점퍼를 하나 사 드렸다. 2010년대 초반, 유명한 브랜드 패딩 점퍼가 꽤 비쌀 때였고, 어른들도 하나쯤 탐을 내던 때였다. 아빠는 원체 옷을 좋아해서 새 옷 한 벌이 그냥 생겨도 기분 좋아하는데 딸이 사다 준 점퍼를 얼마나 입이 부르트도록 자랑을 하며 입고 다녔는지 모른다. 엄마는 민망해서 어디 나갈 때마다 "혜미가 사줬다고 자랑 좀 그만하고. 알았지?"라며 단도리를 했으나 사람 셋 이상 모인 자리면 어김없이 딸내미가 벌써 커서 내 옷을 사 주었다며 세상에 둘도 없는 딸바보 행세를 하고 다녔다는 엄마의 후문이다.

내게도 자랑할 만한 아빠가 사 준 물건들이 많다. 밤에 글을 쓸 때 사용하는 탁상용 스탠드는 열세 살, 초등학교 6학년이 되던 1996년에 아빠가 사 준 것이다. 어린 시절 처음으로 써 본

스탠드가 신기해서 매일 밤 스탠드를 켜놓고 다이어리를 끼적거렸다. 나중에 어떤 사람이 되고, 10년 후에는 내가 어떻게 변해 있을지 줄기차게 써댔던 것 같다. 스탠드는 30년이 다 되도록 나와 함께 중국 유학도 다녀오고, 이사를 다니며 모서리 여기저기가 깨지긴 했지만 여전히 적당한 밝기의 조명이 잘 나오는 탓에 지금도 글을 쓸 적에 애용하곤 한다.

내 책상 가장 아래 서랍에는 아직 버리지 못한 전자사전과 PMP가 있다. 중국 유학 시절 전자사전은 HSK 중국어 시험 공부하는 데 큰 도움을 주었다. PMP는 공인중개사 자격증을 취득하고자 구입한 것인데 나는 미국 드라마 〈프리즌 브레이크〉나 〈가십걸〉을 다운받아 보느라 시험에 떨어졌고 PMP의 유행은 생각보다 빨리 지나버렸는데 아직도 충전을 하면 쌩쌩하게 돌아가는 기계라 쉽게 버릴 수가 없다. 웬만하면 안 쓰는 물건은 중고로 처분해 버리거나 미련 없이 버리는데 그 당시 회사를 다니며 슈퍼마켓을 운영하던 아빠, 엄마의 고생과 바꾼 물건들이라 쉽게 버릴 수가 없다.

또 하나는 내가 고등학교 3학년 때 아빠가 사 준 8mm 캠코더다. 이것이야말로 유물이다. 이제는 어디서 8mm 테이프를 구할 수도 없고 심지어 이 제품은 컴퓨터와 호환할 수 있는 USB 단자 하나 없다. 티브이나 비디오와 연결해서 겨우 볼 수 있는 제품이지만 버릴 수 없었다. 어린 내가 영화감독이 되고 싶다며 청소년 단편영화제에 작품 한번 내 보겠다고 설쳤기 때문에 아빠가 거금을 들여 사 준 것이다. 아빠는 공부 안 하는 딸이 혹시 영화감독이라도 되는 것 아닌가 하고 기대했을까? 창원의 대동백화점에서 그때 당시 가격이 78만 원 정도 했던 것으로 기억한다. 지금도 78만 원이면 적은 금액이 아닌데 당시 체감하는 금액이 얼마나 컸을지 모르겠다.

내가 탐했던 모든 물건이 이제는 휴대전화 하나로 해결이 된다. 8mm 캠코더로 어두운 밤 촬영이 잘 안 돼서 고생하고 편집실의 편집 프로그램이 없으면 영상 편집이 안 되어 쩔쩔매던 나는 이제 휴대전화로 색 보정을 해가며 영상을 찍고 앱을 활용해 손쉽게 편집을 한다. 그렇게 찍은 영상으로 우리 회사 제품을 홍보하고, 어릴 적 배운 중국어로 중국과 거래를 한다. 하나하나 어렵게 마련한 기기들을 통해 쌓은 실력으로 먹고살고 있는 것이다.

그러고 보니 최근 3년간 아빠에게 겨울맞이 선물을 아무것도 해드리지 못했다. 사실 크리스마스가 아빠와 엄마의 결혼기념일이기 때문에 늘 가장 성대하게 챙겼고 겨울 선물을 그냥 지나치는 법이 없었다. 그렇지만 요 몇 년 회사가 어려워 어떤 때는 급여를 빠듯하게 출금할 수밖에 없었다. 사업을 한 이후로 한 번도 어려움을 겪은 적이 없었는데 코로나19의 타격을 받았던 것이다. 급여를 핑계 삼아 몇 년째 부모님 신경을 못 썼다. 아빠 점퍼 한 벌 정도 사 준다고 가계에 구멍이 나는 것도 아닌데 말이다. 그래서 올해는 부모님의 점퍼를 한 벌씩 사 드리기로 했다. 아마 며칠만 지나면 줄어든 잔고 따위야 잊고 살 것이다.

엄마에게 송금을 한 후 메시지를 보냈다. 올겨울은 매서우니 아빠와 롱 패딩 점퍼 하나씩 사 입으라고. 엄마는 뭐하러 돈을 보내냐며 손사래를 쳤지만 이미 새 패딩 점퍼를 한 벌씩 장만

했다며 주는 돈은 모아놓겠다고 했다. 나는 그러지 말고 갖고 싶은 거 사고, 아빠도 가지고 싶은 것 하나 사 드리라고 했지만 엄마는 안 된다고 했다. 그러더니 아빠에게 용돈을 부쳤다는 얘기를 하지 말라는 것이다. 나는 무척 황당해서 당장 아빠에게 전화를 걸었다.

“아빠 곧 결혼기념일인데 뭐 갖고 싶은 거 없어요? 롱 패딩 하나 사 주고 싶었는데 엄마가 얼마 전에 샀다고 하더라고요.”

아빠는 필요한 것이 하나도 없으니 사업하는 데 보태 쓰라며 받기를 마다했다. 옆에서 엄마가 뭐라 뭐라 이야기하는 소리가 들렸다.

“아빠, 제가 엄마한테 용돈 부쳐 놓았는데요, 아빠 안 나눠준대요.”

그리고 뭐라고 얘기를 했는지 모르겠다. 아빠는 용돈의 절반을 내놓으라고 엄마한테 달려든 것 같고, 엄마는 배꼽이 빠져라 웃었고, 아수라 상태에서 전화가 끊겼다. 그리고 얼마 지나지 않아 엄마가 아빠에게 정확히 절반을 송금한 내역을 캡처해서 보내주었다. 아빠와 엄마는 용돈만 주면 싸운다. 참 재미난 부부다.

효도는 나무를 가꾸는 것과 같다. 늘 옆에 서 있어서 존재감이 없을 수도 있지만 신경 쓰면 잘 보이고 훨씬 더 잘 키울 수 있고, 아차 하면 시들시들해질 수도 있고, 깜빡하고 꽃 피울 시기를 지나칠 수도 있고. 내가 돌보지 않았는데 혼자 꽃을 피우기도 한다. 혹, 신경을 놓고 있다가 나중에 가장 손해 보는 사람은 후회할 나 자신일 것이다. 글을 쓰며 통장 잔고가 한 번 더 상기되긴 했지만 그 역시 내일이면 잊힐 것이다.

놓친 버스가 가져다준
추억 하나

여행을 좋아하지 않아도 부모님 집은 주기적으로 가야만 하는 곳이고 한 번 다녀와야 마음이 편한 곳이다. 그래서 때가 되면 발길이 절로 집으로 향한다. 나 혼자 사는 내 집이 아닌, 아빠, 엄마가 있는 우리 집이 있다는 것, 돌아갈 곳이 있다는 것은 다행한 일이다. 그런데 집으로 가는 길, 집에서 돌아오는 길은 여전히 쉽지 않다. 대한민국의 교통편이 많이 편리해졌다지만 지방 도시에서 다른 지방 도시로 이동할 때 자동차가 아닌 대중교통을 이용하는 것은 몹시 번거로운 일이다. 이번에는 우리 동네에 새로 생긴 KTX 노선을 타 보느라 처음으로 기차를 타고 집에 가 보았다. 새로 생긴 시골의 노선이라 한 번에 우리 집까지 연결이 되지 않고 중간에 무궁화호로 환승을 했다가 대전에서 다시 KTX로 갈아타고 창원까지 도착할 수 있었다. 대기시간, 환승시간까지 합치면 여섯 시간 즈음 걸린 것이다. 자동차로는 창원까지 3시간이면 닿지만 나의 운전 실력을 나도 믿지 못하고 부모님 집 한 번 가려다 저승으로 갈까 봐 시간을 더 할애하더라도 대중교통에 의존하게 된다.

집에 갔다 돌아오는 길에는 시외버스를 예약했다. 또다시 환승을 두 번이나 하고 기차를 탈 자신이 없었다. 시외버스를 타면 다른 지역에 도착한 다음 또다시 차를 타고 40분을 달려야 우리 집에 도착하는 코스다. 사무실 선배들에게 시외버스 터미널로 데리러 와 줄 것을 부탁했다. 시골은 이렇게 서로를 도와야 살 수 있다. 나도 선배들이 공항에 갈 때, 버스를 탈 때 곧잘 태워다 드린다. 일종의 품앗이다.

오후 5시 출발하는 버스를 타기 위해 창원 종합터미널로 향했다. 한번은 아빠가 시외버스 터미널에 시간을 딱 맞추어 데려다주는 바람에 버스를 겨우 잡아탄 적이 있어서 이번에는 아빠를 채근해서 서둘러 출발했다. 오랜만에 엄마와 셋이 아닌 아빠와 단둘이 이야기를 나누며 드라이브를 했다.

"우와, 아빠 이 건물 아직도 있네요. 나 애기였을 때 엄마랑 간 기억이 있는데 되게 낡았다."

"아빠, 엄마가 늦게까지 가게 보던 날, 아빠가 중앙동엘 데려갔잖아요. 그때 처음 용지호수 앞에 생긴 배스킨라빈스 먹어봤는데. 1991년이었나? 쌍쌍바가 백 원 하던 시절, 천 원이면 투게더 아이스크림 한 통을 살 수가 있었는데, 아빠가 천 백원짜리 주먹 만한 배스킨라빈스 한 스쿱을 사줘서 얼마나 충격이었는데요. 근데 그때 정말 맛있었어요."

가끔 신통한 내 기억력에 나도 놀라고 아빠도 놀란다. 이야기를 하다 보니 이야기는 이야기의 꼬리를 물었고 그렇게 버스터미널에 도착했다. 그런데 내가 너무 서둘렀던 탓이었을까? 버스가 출발하려면 20분이나 남은 것이었다. 아빠는 미리 가 있으면 춥다고 드라이브나 한 바퀴 더 하자며 액셀러레이터를 밟았고, 나는 순식간에 아빠에게 납치되어 터미널 주변을 한 바퀴 더 돌며 수다를 이어갔다. 때는 평일 퇴근 시간이었고, 대형마트 근처의 막히는 구간을 망각했다. 아빠는 조바심을 내어 보았지만 나는 결국 또 버스 출발 시간 1분 전에 도착했다. 아빠가 브레이크를 밟는 타이밍에 맞춰 재빨리 차 문을 열고 엄마가 바리바리 싸 준 무거운 짐을 양손 가득 들고 부리나케 전속력으로 뛰어 보았지만 내가 타야 할 차는 출발하고 없었다. 가쁜 숨을 몰아쉬며 놓친 버스표를 취소하고 어떻게 해야 시골의 우리 집으로 돌아갈 수 있을 것인가 물색했다. 신선휴게소에서 환승을 하고 충북 청주까지 닿을 수 있는 루트를 겨우 찾았다. 그래. 어찌됐던 집을 찾아갈 수 있는 방법을 찾은 것이 어디냐. 사무실에서 1시간 20여 분이 걸리는 거리였다. 사무실 선배님들에게 연락을 취했다.

"일정 변경. 청주로 와 주십시오."

선배 둘은 투덜거리며 사우나 갈 일정을 뒤로 미루고 혼자 시골집을 찾아올 수 없는 나를 데리러 와 주기로 했다. 다음 날 내가 꼭 참여해야 하는 미팅이 있었기 때문에 일정을 미루기도 힘들었다.

엄마에게 문자가 왔다. 차를 잘 탔느냐고 말이다. 나는 버스터미널의 구석으로 가서 전화기를 붙들고 엄마에게 전화를 걸어 터져 나오는 웃음을 참으며 차를 놓쳤다고 이야기했다. 그냥 웃음이 났다. 아빠는 미안해서 어쩔 줄을 몰라 했고 엄마는 왜 애를 데려다줄 때마다 고생을 시키냐며 수화기 넘어로 성화였다. 나는 그 상황이 그냥 너무나 웃겨서 몸이 반으로 접힐 때까지 클클거리며 혼자 웃어버렸다. 왜 지각쟁이 아빠는 매번 나를 늦게 데려다 주는 걸까.

20여 년 가까이 아빠는 집에 들렀다 떠나는 우리를 데려다준다. 집으로 돌아간다고 할 때는 버스터미널과 기차역으로, 꿈많은 딸들이 해외로 떠날 때는 공항으로. 아빠는 늘 우리를 데려다주고 남는 사람이었다. 때로 우리는 아빠와 싸우거나 아빠에게 삐쳐서 집에 있는 내내 말 한마디 하지 않았는데, 그때도 아빠는 우릴 데려다주었고 집에 하루만 머물러도, 한 달을 머물러도, 일정의 마지막 날에는 항상 아빠가 차로 우리를 데려다주곤 했다. 그런데 아빠는 사실 우리를 데려다 줄 때마다 떠나보내기가 싫었던 것이 아닐까? 떠나는 우리도 매번 목울대가 시큰해지는데 그건 웃으며 손을 흔드는 아빠도 마찬가지가 아니었을까.

종합버스 터미널에 덩그러니 앉아 다음 차를 기다리며 친구에게 전화를 걸어 아빠에게 납치당하는 바람에 차를 놓쳤다고 이야기했다. 친구는 "아빠랑 20분 더 행복했겠네"라고 말했다. 맞다. 친구가 한 말대로 아빠랑 20분 동안 더 행복했으면 됐다. 아빠와 단둘이 한정된 시간 동안 이야기할 기회가 자주 있었던가. 이렇게 아빠와의 기억에 남을 추억을 하나 더 쌓았으니 충분히 값지다. 먼 훗날 오늘과 같은 20분이 사무치게 그리워지게 될지도 모르니 말이다.

딸을
서울대 보내는 방법

나와 동생은 엄마의 손에 이끌려 학원을 가 본 적이 거의 없다. 나는 모든 학원을 등록할 때마다 조르고 졸라 겨우 다녔는데, 그렇게 우슈 체육관도 힘들게 등록할 수 있었고 그로 인해 우슈 선수가 될 수 있었다. 그 후로 북경체육대학교로 진학을 결정했는데 덕분에 입시학원을 다니기는커녕 수능도, 모의고사도 치를 필요가 없게 되었다. 대신 그 당시 창원에 몇 군데 없는 중국어학원을 알아보았다. 그것이 성에 차지 않아 중국어 과외를 알아보려 했는데 선생님을 구하는 것도 쉽지 않아 직접 동네 농협 벽보에 '중국어 과외 구합니다'라고 쓴 오징어 다리 전단지를 프린트해서 붙여야 했다. 물론 엄마는 내가 공부나 곧잘 잘해서 한국의 좋은 대학교를 진학하고 평범한 직장인이 되길 바랐겠지만 나는 그렇게 고분고분 엄마 말을 듣기엔 가슴 속에 품은 꿈이 너무나 원대했다. 내가 뭘 하고 싶다고 말할 때마다 미간에 주름을 짓던 엄마는 이제 와서 내가 이렇게 자유롭게 사는 것을 보고 시대가 이렇게 바뀔 줄 몰랐다고 말한다.

동생은 더욱 심각했다. 나와 여섯 살이나 차이가 났기 때문에 엄마는 나보다 동생을 덜 챙기곤 했다. 동생도 난이도가 독특했다. 동생이 초등학생이었을 적에 나는 고등학생이었는데, 바둑 만화를 보고 감명 받은 동생은 바둑 학원을 다니겠다고 했고, 바이올린 영화를 본 후엔 바이올린 학원을 가겠다고 설쳤고, 플루트 만화를 보고선 플루트를 불어야겠다고 왕왕댔다. 동생이 동네 학원에 전화를 해 수강료가 얼마고 초등부는 몇 시에 가면 되냐고 물으면, 학원 선생님은 동생에게, 부모님께 말씀을 드린 후에 다시 전화를 달라고 했다. 동생이 장난치는 줄 알았던 모양이다. 그러면 일 나간 엄마를 대신해 내가 동생 학원에 전화를 걸어주었는데 그나마 이미 고등학생이나 된 내가 점잖게 "동생이 초등학생인데 학원을 다니고 싶어하는데 부모님이 바쁘셔서 대신 전화한다"고 이야기하면 그나마 꽤 성의 있는 답변을 받을 수 있었다. 우리는 동네 학원 몇 군데를 물색한 다음 시간과 비용, 그리고 인지도를 종합적으로 평가를 한 후에 동생이 플루트를 왜 배워야 하는지, 플루트를 배움으로써 얻는 효과가 무엇인지에 대해 부모님에게 브리핑을 했다. 그 내용이 합당해야 엄마의 지갑을 열 수 있었다.

동생이 고등학생이 되자 미술을 전공하고 싶다고 했다. 앞으로 무얼하며 살고 싶은지는 모르겠지만 일단 과목 중에 미술이 가장 흥미롭다고 하고, 어릴 적부터 끼적거리며 그림을 그리거나 색칠을 하는 것을 좋아했기에 나는 나름 동생이 미술에 소질이 있을 수도 있을 것 같다고 판단하여 입시 미술학원을 수소문하게 되었다. 동생이 한 곳을 알아봤는데 동네에서 나름 큰 곳이었고, 서울의 학원과 연계를 하여 방학 때는 서울에서 특강 강사님이 내려오거나 서울로 단기 유학을 간다고도 했다. 나는 다른 걸 떠나서 가장 중요한 시기에 자신이 해보고 싶은 것을 최선을 다해 해보지 않으면 후회할 것이라며 부모님을 설득했고, 결국 동생은 고등학교 3년 동안 입시 미술 학원을 다니게 되었다. 그리고 우리의 예상을 넘어서 동생은 이화여대에 합격하게 되었다. 동생이 이화여대에 합격했다는 플래카드가 학원과 학교에 붙었고 가족들도 무척 기뻐했다. 그렇지만 단 한 사람, 동생 본인만은 그것에 만족하지 못했는지 대학 생활을 즐겨야 하는 애가 주말마다 꼬박꼬박 집에 내려왔다.

동생은 서울대에 한 번만 더 도전을 해보고 싶다고 했다. 부모님은 충분히 좋은 대학에 입학했는데 왜 굳이 또 고생을 하냐며 만류했다. 그렇지만 동생은 결국 압구정동의 손바닥만 한 고시원으로 들어가 1년의 수험생활을 연장했다. 부모님이 서울에 올라오지 못해서 서울 입시학원의 학부모 상담은 내가 대신했다. 마침 나는 대학원 논문을 준비하고 있었을 때였고 서울에 있는 대학 도서관을 돌아다니며 논문 자료들을 구하던 때라 한량처럼 서울과 창원을 오가며 동생 옆에 비비고 앉아서 서울 생활이나 만끽하고 있었다. 부모님 대신 가끔 서울에 올라가서 볶음밥을 해주며 동생의 뒷바라지를 하기 시작했다. 고시원에는 두 명이 누울 공간이 도저히 없어서 나는 며칠 단위로 옆방을 얻어서 지냈다. 그렇게 습하고 눅눅하고 창문 없는 방에 지내며 동생이 실기시험을 보는 날까지 함께 있어 주었다. 두 사람이 누울 공간이 겨우 나오는 원룸을 알아보았으나 2009년 당시 월세가 80만 원이었다. 나는 그 돈이 아쉬워서 대충 몇 개월만 고시원에서 고생하자 했는데, 이담에 열심히 살아서 최소한 원하는 의식주는 해결할 수 있는 인간이 되고 말리라 가슴 깊이 다짐을 했다.

그때 동생은 인간의 모습이길 포기하고 인간의 먹거리를 다 포기한 채 대충 씻고 대충 먹고 자는 둥 마는 둥 하며 공부와 미술 실기에만 집중했다. 하루는 고시원 방문을 열었는데 바지를 벗는 자세 그대로 침대에 나동그라져 있는 동생을 발견했다. 나는 동생이 죽은 줄로만 알고 식겁했다. 다행히 만져보니 아직 살갗은 뜨끈했고 관절도 움직이기에 바로 눕히고 이불을 덮어주었다. 불러보니 알아듣지 못할 잠꼬대를 하기에 안심이 되었다. 얼마나 인간이 피곤했으면 바지를 벗느라 잠시 머리가 닿은 사이에 잠이 든단 말인가.

각고의 준비를 마쳤다. 미술 실기 시험을 보기 전날이 다가왔다. 동생이 나에게 4B 연필을 대신 깎아 달라고 해서 나는 손이 발이 되도록 정성을 들여 한 자루 한 자루 세심하게 연필을 깎아 주었다. 동생이 깎아 달라는 4B 연필은 무려 60자루였고, 결국 내 엄지손가락의 손톱과 살 사이가 퍽 하는 소리와 함께 벌어지고 말았다. 시험 한 번 치르는 데 일어날 수 있는 각종 변수가 얼마나 된다고 무려 60자루를 깎으라고 한 것인가.

실기 시험을 치르는 날 아침, 24시간 콩나물 해장국 집에서 식사를 간단히 마치고 택시를 타고 실기장으로 갔다. 동생의 짐을 들어 주려고 학교 교정에 따라 들어가 보았다. 서울대학교의 그 웅장한 나무들에서 낙엽이 우수수 떨어지고 있었다. 나에게 손을 흔들고 수험생들 사이에 차례로 줄을 서서 시험장으로 들어가는 동생을 보니 왠지 모르게 눈물이 핑 돌았다. 옆을 둘러 보니 수험생들의 엄마로 보이는 아주머니들이 나와 함께 서서 눈물을 짓고 있었다.

그 해 겨울, 동생은 서울대학교 합격 소식을 알려 왔다. 동생이 미용실에서 머리를 하고 있을 때 합격 통보를 들었다고 했다. 동생은 그대로 울어버렸고, 가게를 보고 있던 엄마는 그 소식을 듣고 오열하며 울었다. 아빠는 동생에게 파이팅을 주려고, 서울대만 합격하면 '차를 한 대 사 주겠다', '해외 여행을 보내주겠다'는 등의 공수표를 날렸다가 막상 동생이 합격을 하니 진짜 합격할지 누가 알았겠냐며 오리발을 내밀었다. 우리는 아무도 기대하지 않았다. 그저 동생이 공부를 열심히 하기에 '흠. 그래 저렇게 열심히 사는 삶의 자세라면 나중에 무슨 일을 해도 굶어 죽지 않고 살겠다'고만 생각했다.

어린 시절을 돌이켜보면 부모님은 한 번도 치맛바람이라는 걸 일으킨 적이 없다. 우리에게 그저 기본적인 것을 해 주었는데 그 기본적인 것이 사실 얼마나 어려운지, 평범한 집안이 되는 것이 얼마나 어려운지 우리는 이제 알 만큼 안다. 누구는 부모님이 대학 입시를 위해 유명한 학원에 대한 정보를 알아본다고 하고, 누구는 부모님이 취업을 알아봐 준다고도 하고, 또 그 줄이라는 게 없으면 힘들다고도 말하는데 지방 소도시에서 커 온 우리 자매에겐 그런 것들이 잘 와닿지 않는다.

부모님은 어릴 적부터 모든 일을 우리가 자주적으로 하게끔 만들어주고 스스로 선택한 일이기에 알아서 마무리까지 하도록 했고, 어떤 관여도 하지 않으셨다. 아니, 오히려 부모님이 우리에게 주셨던 동력은 열심히 하라고 부추겼던 것보다 하지 말라고 말렸던 것이 아닐까 싶다. 부모님은 한 번도 우리에게 더 잘해서 더 높은 목표를 바라보라고 한 적이 없다. 그럼에도 우리가 이렇게 열심히 살았던 이유는 아마도 아빠와 엄마가 늘 최선을 다해서 살며 어떻게 사업을 지킬까 고민하는 자세를 보여준 덕분이 아닐까 싶다. 밤 12시가 넘어 가게의 문을 닫고 들어와서도 아빠, 엄마는 식탁에 앉아서 두런두런 이야기를 나누었는데 좁은 집에서 우리는 매일 밤 아빠 엄마가 무슨 이야기를 하고 무슨 고민을 하고 어떻게 헤쳐나가는지를 들으면서 컸다. 우리는 우리가 해야 할 일을 열심히 했고, 부모님은 그저 가게의 문 한 번을 닫을 줄 모른 채 오랜 세월 손님들이 헛걸음을 하지 않도록 그 자리를 지켰다. 그저 부모님이 부모님 자리에서 부모님으로서의 역할에 최선을 다하니 우리도 최선을 다했던 것이 아니었을까.

엄마는 종종 지인들로부터 자녀들 입시에 대한 상담을 받는다고 한다. 엄마가 "나는 잘 모르고, 자기들이 알아서 갔어요"라고 이야기하면, 주변 사람들은 겸손해하지 말고 비결을 알려 달라고 한단다. 내가 말해주고 싶은 건 우리 엄마는 진짜 모른다는 것이다. 엄마는 우리에게 입시 동향을 파악해 주기보다 부족한 살림이지만 부족함 없이 공부를 할 수 있도록 끝까지 밀어줄 테니 걱정하지 말라고 했다. 그리고 그 '밀어주겠다'는 쉽지 않은 말을 지키기 위해 매일 밤낮없이, 365일 쉬는 날 하루 없이 하루하루 몸으로 보여주었다.

인생엔 답이 없다. 길도 없다. 세상은 더욱 빠르게 변하고 있고, 미래는 불확실하다는 사실만이 확실할 뿐이다. 이 변화무쌍한 시대에 무심한 듯 느슨하게 놓아준 부모님의 교육 철학 덕에, 우리는 알아서 살아갈 수 있는 충분한 훈련을 한 셈이다. 세상에 나가기 전에 엄마 울타리 안에서 이것저것 선택해 보고 미리 실패해 보았다. 그것은 세상을 살아가는 데 있어서 좋은 대학 간판보다 더 유용한 덕목이었다. 때론 우리 엄마는 다른 엄마들보다 덜 극성이라 서운하기도 했는데 넘어져도 일으켜주지 않고 뒷짐 지고 있던 무정한 아빠, 엄마가 이제는 이해가 될 것만 같다.

미야, 혜미야,
이혜미!

이틀간 엄마 집에 머물다 내 집으로 올라가는 시외버스 안에서 까무룩 잠이 들었다. 잠에서 깨자마자 휴대전화를 확인하니 엄마에게 메시지가 와 있었다.

"미야~"

나는 대답했다.

"응?"

엄마가 읽었는데 답이 없다. 엄마가 이름만 부르고 용건을 말하지 않으니 갑자기 가슴이 철렁 내려앉았다. 예전에는 '내가 잘못했나?'였는데, 요새는 '무슨 일이 생겼나?' 하는 걱정부터 앞선다.

"왜~?"

엄마가 내 메시지를 읽었다. 답장을 쓰고 있었던 걸까. 그렇지만 답을 할 시간이 충분히 지났다. 나는 한 번 더 조바심을 냈다.

"왜 불렀어~?"

이쯤 되면 숨이 넘어간다. 내가 이 정도로 세 번 연달아 물어봤으면 '아니야' 정도는 답을 해 줘야 하는 거 아닌가? 아빠한테 무슨 일이 생겼나? 이번에 자동차를 새로 바꿔서 운전이 익숙지 않던데 혹시? 불안함을 못 이겨서 전화를 걸었다. 다행히 엄마의 목소리 톤이 높고 밝다.

"응, 미야~"

경상도식 이름 부르기다. 엄마가 '미야' 하고 부르면 아무 일 없는 거고 '혜미야' 하고 부르면 심각한 거고 '이혜미' 하고 성까지 붙여 부르면 화가 난 거다. 별일 아닌 걸 확인하고 나서야 가슴을 쓸었다.

가끔 보는 아빠, 엄마와 난 요즘 사이가 꽤 좋다. 부모님은 성인이 된 나에게 성인으로서의 대접을 충분히 해주며 나도 엄마 집이라고 함부로 뒹구는 대신 청소와 설거지를 하고 샤워 후 머리카락도 잊지 않고 주워서 버린다. 내가 안 하면 엄마가 해야 할 일이기 때문이다. 어릴 적엔 말을 심각하게 안 듣는 딸이라서 엄청 두들겨 맞으며 컸고, 집 밖으로 쫓겨나기도 다반사였는데 세월이, 그리고 혼자 사는 경험이 나를 철들게 해주었다.

혼자 내 집을 치우고 꾸미고 살아보니 엄마가 평생 했던 집안일들이 얼마나 큰 일인지 알겠다. 두 딸은 하루도 빠짐없이 긴 머리카락을 엄청나게 뽑아놓고 다녔다. 동네 친구들을 집으로 불러서 주방을 초토화시켜가며 먹을거리를 탕진했고, 엄마가 차린 밥을 먹으며 우린 손가락 하나 까딱하지 않았으며, 속옷 한 번 빨거나 개어본 적도 없고 생리 때면 금세 차게 되는 휴지통도 엄마 혼자 다 치웠다. 나와 동생까지 도합 30년 가까운 세월을 내내 데리고 살며 치워주고 챙겨주기만 하던 엄마의 삶이 얼마나 귀찮고 힘들었을까. 가끔 내가 집에 내려간다고 하면 엄마는 바쁘면 안 내려와도 된다고 극구 사양하는데, 어쩌면 그것이 엄마의 속마음일지도 모른다는 생각이 들었다. 엄마가 생활하던 매일의 루틴이 깨지고 딸이 오면 딸 위주의 생활로 바뀌어야 하니까 말이다.

집은 내 멋대로 해도 되는 곳이다. 내가 내킬 때는 뻔질나게 드나들어도 막는 사람이 없고, 가기 싫으면 1년이 다 되도록 핑계를 대고 찾아가지 않아도 아무도 뭐라 하지 않는다. 만에 하나 사업이 망해서 빈털터리가 되면 당연하듯 부모님 집으로 갈 생각을 하고, 그것이 아니라도 쉬는 날이 있으면, 날이 추우면, 연말이니까, 우리 자매는 집으로 모인다. 부모님이 내 집에 오신다고 하면 일정을 핑계 대며 다음이라는 말로 거절할 수 있지만 부모님에게는 우리에게 바쁘니까 오지 말라고 할 권리가 없다. 부모님 집은 늘 열려 있고, 부모님이 안 계시더라도 우리에게 키를 쥐어준다. 그것이 부모와 자식의 관계인 것 같다.

시외버스 안에서 걸려온 딸의 전화를 엄마는 아마 침을 꼴깍

삼키고 받았을 것이다. 나는 안다. 엄마는 울었을 것이다. 내가 이번에 청소를 너무 많이 해서 그랬을까? 사용한 흔적을 거의 남기지 않은 내 방을 보고 엄마는 허전했을까? 별의별 생각을 다 해본다. 엄마는 우리를 보낼 때마다 아주 많이 울었을 것이다. 티를 내지 않으려 하지만 알 수 있다. 나도 사실 아빠, 엄마와 떨어질 때마다 엄청나게 많이 울었다. 첫째니까, 다 컸으니까 괜히 서로 알면 더 마음 아프니 티를 안 낼 뿐이다. 아마 부모님도 다 알고 있을 것이다. 매번 집을 떠날 때마다 딸들이 많이 울었으리라는 것을.

오늘 밤과 내일 아침까지도 아빠 엄마가 엄청 보고 싶을 테다. 엄마의 메시지에 답장도 엄청 빨리할 테다. 그래놓고 며칠이 지나면 그랬던 감정 따위 금세 잊어버리고, 내 생활로 돌아와 바쁘다고 슬쩍 무음으로 바꿀 테지만 말이다.

통금을 지켜라,
K장녀의 뒤늦은 깨달음

대한민국 한 해 실종자 수가 2천 명을 웃돈다고 한다. 사망하였거나 미발견된 통계만 추린 것이다. 어림잡아 매일 5명씩 영영 사라진다는 얘기다. 짐작할 수 있겠지만 실종자의 과반수 이상이 여자다. 치안이 훌륭하다고 소문난 안전한 대한민국에서도 매일매일 어김없이 사람들이 사라지고 있다. 한 해 평균 교통사고 사망자 수는 3천여 명 전후라고 한다. 교통사고 버금가게 많은 것이 실종이다. 사람 조심, 차 조심하라는 아빠의 말을 허투루 들을 수가 없다.

아빠는 나를 엄청나게 엄하게 키웠다. 나는 대표적인 K장녀였다. 성인이 되어서도 10시 이전 통금, 외박은 절대 금지. 다른 애들은 술 마시고 바닥에 엎어져 자고도 다음 날 멀쩡하던데. 나는 친구들이 사고가 나지 않아 멀쩡한 게 다행인 것이 아니라 아빠한테 맞아 죽지 않는 것이 신기했다. 나에겐 그런 것들이 하나도 허용되지 않았다.

아직도 친구들에게 놀림 받는 일이 있다. 고등학교 3학년 때 운동을 하며 전국에서 사귀게 된 친구들이 부산 해운대에 모였다. 친구들이 모래사장에서 밤새 놀 때 나는 막차를 타고 집에 갔다가 첫차를 타고 다시 해운대로 향했다. 외박을 허용하지 않는 아버지 밑에서 놀아 보겠다고 막차와 첫차를 부지런히 타고 오간 것이다. 너만 공주님이냐며 친구들은 무척 놀려댔다.

그런 내가 대학생이 되어 북경체육대학교에 유학을 갔다. 유학을 가면 부모님의 울타리에서 벗어나 내 멋대로 살 줄 알았는데 오히려 반대였다. 중국에는 뉴스에 절대 내보내지 않는, 경험자들이 입으로 전한 무시무시한 뉴스들이 떠돌았다. 학교 앞 하천에 시체가 떴다거나 한인들이 많이 거주하는 아파트에 칼부림이 나서 출근길에 아파트 복도에 흥건한 피를 봤다는 등 흉흉한 얘기들이 많았다. 내가 아는 정도가 이만큼인데 실제로는 얼마나 더 많은 일들이 일어났을지도 모른다. 그중 한 다리 건너 아는 지인이 실종되어 며칠 후에 쓰레기통에서 발견되었다는 말은 너무나 무서웠다. 배가 갈라져 있었고 내장이 하나도 남지 않아서 가족들이 눈물로 시신을 수습해 갔다고 했다. 나는 해가 지면 집으로 들어가 문을 꽁꽁 걸어 잠그고 살았다. 비교적 자유로운 유학생들도 많았지만, 유학 가서 한국인들과 어울리기 시작하면 중국어는 안 늘고 한국어만 늘어온다는 말에 지레 겁먹고 한국 유학생들을 슬슬 피해 중국 친구들이랑만 다니는 편이었다. 중국 친구들은 외국인인 나에게 범죄의 타깃이 될 수 있으니 더욱 조심하라고 일러 주었다. 나는 일부러 옷차림을 더 추레하게 다니며 목숨을 부지하기 위한 노력을 놓지 않았다. 유학생들에게 일어나는 사건 사고는 유학이 끝날 때까지 심심찮게 들려왔다. 더러는 한국 뉴스에 유학생들의 문란한 생활이 방송으로 나가기도 했는데, 그러면 아빠는 국제 전화를 걸어와 또 그 예의 잔소리를 늘어놓곤 했다.

대학을 졸업하고 스물일곱 살이 되어 서울에 혼자 살게 되었다. 어릴 적부터 놀지 않아 놀 줄을 몰랐던지 또래 친구들이 홍대에 가자, 강남에 가자 꼬드겨 가 보아도 즐길 줄을 몰랐고, 시끄럽고 정신없는 분위기에 슬그머니 먼저 빠져나오곤 했다. 어릴 적 멋모르고 객기로 마셨던 술도 점점 입에 대지 않게 되었다. 그리고 시골로 이사를 오며 더 심심한 사람이 되었다. 시골에는 CCTV가 적기 때문에 논두렁에 묻히면 쥐도 새도 모르게 사라질 수 있다는 말에 또 겁을 먹었기 때문이다. 시골이라 밤에 나가서 놀 수 있는 곳도 없다. 게다가 문밖만 나가면 캄캄해서 앞도 잘 보이지 않는다. 역시나 회사와 집만 오가며 바른 생활을 하고 있다.

최근 나는 원주의 토지문화관에서 석 달 동안 글을 쓸 수 있는 기회를 얻었다. 집에 돌아가고 싶지 않을 정도로 완벽한 분위기에 글이 술술 써졌다. 온갖 새들이 지저귀고 밤에는 개구

리가 개골개골. 가끔 자지러지게 울어주는 고라니 소리까지 자연이 주는 소리 덕에 집중도도 높고 잠도 푹 잘 잤다. 그렇지만 단 한 가지, 이렇게 깨끗한 지역에 뱀이 출몰한다는 단점이 있었다. 5월이 중순이 되고부터 뱀을 발견했다는 작가님들의 제보가 하루에 한 건씩 꼭 나왔다. 내가 살던 귀래관에서 본관의 식당을 이용하려면 숲으로 낸 오솔길을 걸어야 하는데 그곳이 똬리 튼 뱀들의 주 출몰지였다. 우리 회사 브랜드 '스칸다'의 로고가 뱀 형상일 만큼 뱀 모양은 참으로 익숙하고 친근한 것이지만 발 앞에서 기어다니는 뱀을 마주할까봐 겁을 잔뜩 먹게 되었다. 미키마우스를 좋아한다고 집에 쥐가 나오는 걸 좋아하는 건 아니지 않는가. 그래서 나는 매일 정문으로 돌아서 식당에 갔다. 날이 더운 날에는 햇볕도 강하고 한 번 다녀오면 땀이 흠뻑 났지만 그럼에도 뱀을 마주하는 것이 무서웠기에 피해 다녔다. 그래서 결국 퇴소할 때까지 단 한 번도 뱀을 마주치지 않았다.

커 보니 아빠의 조바심이 이해가 되는 것이 세상이 정말 흉

흉해서 별의별 사고가 나는데, 그 많은 사고 중에서 그것이 내 딸이 아니기를 바라는 것이 평범한 아버지의 마음일 뿐이었다는 걸 알겠다. 아빠는 나에게 뱀을 마주치지 않는 법을 가르쳐 주고 싶었던 것 같다. 뱀을 보기 전까지는 뱀이 징그러운 줄을 모르니 정문으로 돌아가는 수고를 하기 싫었을 테다. 본 적 없는 뱀을 신경 쓰는 대신 빠르고, 그늘도 지고, 숲 향기도 그득하고, 눈앞에서 새들이 날아가는 숲길을 걷고 싶었을 테다. 범죄가 이렇게 많은 줄 모르고 무서운 일들을 실감하지 못했기에 밤늦게까지 친구들과 놀고 싶은 마음을 몰라주는 아빠를 이해하지 못했다. 하지만 이유 없이 모르는 사람에게 묻지마 살인을 당한다거나, 집 앞 편의점에 나갔다가 괜한 시비에 걸려 폭행을 당해 중상을 입은 일처럼 세상에는 예측하고 막을 수 없는 사건 사고가 너무나 많다. 물론 세상을 바꿔 주면 가장 좋겠지만 매일 걷는 원주의 오솔길에다 내 힘으로 시멘트를 깔아 뱀을 원천봉쇄할 수 없었던 것처럼, 당장 해결하지 못하는 문제에 아빠가 제시할 수 있는 유일한 방책은 밤에 나가지 못하게 했던 것일 거다.

혹시 내가 좀 늦거나 연락이 닿지 않으면 무슨 일 생긴 것은 아닌가 전전긍긍하며 키웠던 아빠에게 유난스럽다며 짜증을 냈던 적이 많다. 하지만 어쩌면 나를 위해 밤낮없이 걱정해 줄 사람이, 이 세상에 아빠 그리고 엄마 단 두 사람밖에 없겠다는 생각이 든다.

벚꽃 피는 계절에는 진해에 간다

우리 부모님은 매해 빠지지 않고 진해 벚꽃축제에 간다. 올해로 47년째다. 내가 창원에 살던 20년 동안은 나도 매번 빠지지 않고 부모님과 함께 벚꽃축제를 다녔다. 기억에 없었던 어린 시절부터 벚꽃나무들 틈에서 찍은 사진들이 있고, 내가 다섯 살 때는 축제 때 아빠의 친구 가족과 함께 멍게 회를 썰어다 팔았던 기억도 있다. 중학교 2학년 때는 태국 사람들이 공연을 와서 전통 팔찌와 같은 액세서리를 팔았는데 당시에 그런 희귀한 제품은 쉽게 구할 수 있는 것이 아니라서 1년이 넘게도 애지중지 차고 다녔던 기억도 있다.

아빠와 엄마는 벚꽃잎이 난분분하게 흩날리던 봄날, 진해에 가는 버스 안에서 만났다고 했다. 어렸던 아빠, 엄마는 그 후로 수십 년째 이렇게 지겹도록 둘이 꼭 붙어 다니게 될 줄 알았을까. 세월이 그렇게 쉽게 흐를 줄, 이렇게 나이가 들 줄도 몰랐을 것이다.

엄마가 작년에도 어김없이 벚꽃 구경을 하고, 그 영상을 유튜브에 게시했는데 누군가 믿기지 않는다는 말투로 이렇게 댓글을 달았다. '40년 넘게 남편과 벚꽃 나들이를 함께하셨다고요? 비결이 뭔가요?' 한 사람과 이렇게 오래도록 같은 곳을 볼 수 있다는 것은 분명 쉽지 않은 일이다. 그 세월 동안 정말 많은 일들이 있었을 테고 좋았던 해, 나빴던 해를 거쳤을 텐데 아직도 둘이 함께 벚꽃 구경을 하러 간다.

동생과 나도 벚꽃이 피는 계절을 지나치지 못한다. 창원에 잘 들르지 못하는 나도 꽃이 만개하는 때를 기다려 버스표를 끊는다. 일이든 공부든 준비하는 것들이 잘 풀리지 않는 해는 꽃을 봐도 꽃이 꽃인지 봄이 뭔지 시큰둥할 때가 있고, 어떤 해는 모든 것이 아름다워 보일 때가 있는데, 그럴 때면 꽃도 봄도 다 좋아 보여서 벚꽃 아래서 솜사탕 하나만 사 먹어도 낭만이 흐드러지는 것 같은 기분이 든다. 아빠 엄마도 그랬을 것이다. 둘이 함께 다니는 기분이 매번 꽃과 같지 않았을 것 같다.

우리는 현지인이니까 사람이 많은 시간을 피해서 차가 막히지 않는 길로 다녔고 야시장도 이틀이 멀다 하고 뻔질나게 드나들었다. 코로나19로 몇 해 동안 제대로 축제를 즐길 수 없어서 아빠는 야시장의 빙고 게임을 못한다며 아쉬워했다. 낮이고 밤이고 벚꽃이 필 적에는 날마다 대문 밖을 나선다. 봄을 알리는 가장 첫 번째 지점은 창원 폴리텍대학 앞의 벚꽃길이다. 가장 빨리 가득 피는 곳이다. 그다음 팝콘처럼 창원의 전역이 벚꽃으로 지천이 되다가 벚꽃이 질 때 즈음은 장복산 구도로와 안민고개를 넘어가면 된다. 그러면 2주일 넘게 벚꽃을 눈에 가득 담을 수 있다. 열 일본 여행 부럽지 않은 곳이 진해의 벚꽃길이라고 한다.

이 동네 벚꽃은 하늘을 덮는다. 우리는 하늘색이 보이지 않아야 진정한 벚꽃길이라고 여긴다. 동생이 대학생이 되어 동기들과 서울 여의도 벚꽃축제에 놀러갔는데, 벚꽃 구경이 끝나고 동생이 친구들에게 물었다고 한다. "그래서 벚꽃은 어디 있는데?" 창원에서는 눈여겨보지도 않았던 아기 나무들을 보고 사람들이 너무 좋아하더라며 동생과 친구들은 서로를 신기해했단다.

몇 해 전이었다. 네 식구가 벚꽃 축제에서 모두 모인 적이 있다. 동생과 내가, 아빠와 엄마가 따로 걷고 있었는데 아빠와 엄마가 슬그머니 손을 잡고 걷는 것이었다. 나는 눈치 없는 척, 나도 손을 잡아 달라고 했다. 아빠와 크고 나서 처음 손을 잡아 보았다. 아빠는, "혜미 손이 조그마하네"라고 했다. 오랫동안 남자 친구와도 잡았고, 친구들과도 잡았고, 사업상 모르는 사람들과 숱하게 악수하며 잡은 손. 어릴 적 넘어질 새라 매일 잡아주던 딸의 손이었을 텐데, 다른 사람들은 다 잡아본 딸내미의 손을 아빠는 그간 한 번 제대로 잡아보지도 못했던 것이다.

꽃비 내리는 분위기를 빌어 몇 십 년 만에 슬그머니 아빠 손을 잡아본 기분이 나쁘지 않다. 평생 일을 해 온 아빠 손이 거칠거칠했다.

벚꽃이 피는 계절이 오면 진해에 가야 한다. 꽃과 낭만과 사랑과 따뜻함이 스며있는 도시다. 분홍 길을 걸으면 누구라도 연애하고 싶은 생각이 들 만한 곳이다. 멀리 강원도에서 가더라도 후회하지 않을 벚꽃 명소라고, 본토인의 자존심을 걸고 자신있게 자랑해 본다.

중간에서 만나는 건 어때요?

내가 늘 소망했던 것이 가족들과 밥 한 끼 같이 먹고 헤어질 정도의 가까운 거리에 사는 것이다. 부모님은 늘 경남 창원에 계셨고 나는 베이징과 서울을 전전하며 집에 한 번 가려면 대중교통을 여러 번 갈아타는 번거로움을 감수해야 했다. 바쁠 때는 집에 한 번 다녀오는 것이 부담스럽다고 느껴졌던 게 사실이다.

경기도의 끝자락, 충북과의 경계선으로 이사를 온 지 3년이 넘었다. 사무실은 경기도에 두고 집은 충북에 잡게 되었다. 실상 충청도 사람이 된 것이다. 집에 가기는 더욱 힘들어졌다. 차로 가기도, 대중교통으로 가기도 애매한 처지가 된 것이다.

그런데 내가 기가 막힌 생각을 해냈다. 부모님 집에서는 두 시간, 우리 집에서는 한 시간 즈음 걸리는 중간 지점, 경북 문경에서 만나자고 한 것이다. 그 정도면 아빠와 내 운전 실력을 감안했을 때 꽤 공평한 거리라고 생각했다. 부모님도 차를 타고 한두 시간 거리의 명소에 가서 트래킹 코스를 걷거나 꽃구경하는 것을 즐겨하셨으니 그리 힘든 일은 아닐 것이었다. 그래서 우리는 사람이 붐비지 않을 평일 낮에 문경에서 점심을 함께 먹기로 했다.

아침에 사무실에 들러 강아지들을 돌보고, 급한 일을 해치워 놓고 10시 무렵 시동을 걸며 문경까지 가는 경로를 보기 위해 내비게이션을 찍어 보았다. 고속도로도 아닌 평소에 많이 가본 익숙한 국도를 타고 가는 길이었다. 내심 안도를 하며 운전대를 잡았다. 거듭 얘기하지만 나의 운전 실력은 썩 시원치가 않다. 고속도로에서 다른 차들이 쌩쌩 달릴 때 혼자서 가장 갓 길을 선택해서 달리는데, 앞에 느리게 운전해 가는 차라도 발견하면 그 뒤에 찰싹 붙어 겨우 따라가는 수준이다. 고속도로 운전은 그마저도 신호 한 번 걸리는 일 한 번 없이 옴짝달싹 못 하며 정자세로 가야 하기 때문에 부담스럽다. 스무 살 때 운전면허시험을 보면서도 1종 보통을 한 방에 붙었는데 왜 아직도 운전이 늘지 않는지 모르겠다.

도로를 달리며 문경으로 가는 길, 날이 참 좋았다. 2월 말이라 점퍼를 입었지만 따뜻한 햇볕과 이른 봄바람에 몇 번 창문을 내려 미세먼지도 없는 봄 내음을 맡으며 길을 나섰다. 국도를 달리는 차는 적었고 덕분에 나는 속력을 내 마음대로 줄였다 높였다 하며 여유롭게 목적지를 향했다.

먼저 도착한 부모님은 이미 문경새재 한 바퀴를 걷고 내려와 있었다. 한 달여 만에 보는 부모님이다. 남쪽에서 올라온 부모님은 문경 바람이 세다며 왜 이렇게 춥냐고 성화였다. 나도 매번 느낀다. 창원에 내려갈 때마다 얼마나 날씨가 포근했는지. 그럼에도 많이 걸어서 땀이 났다며 호들갑인 아빠, 엄마를 내

차에 태우고 예약해 둔 곳으로 점심 식사를 하러 갔다.

문경 맛집과 카페를 얼마나 검색했는지 모른다. 우리에게 한 끼 식사는 1년에 몇 번 없는 연례행사이기 때문이다. 코로나19가 터진 첫해는 단 한 차례 부모님과 겨우 식사를 했다. 많아봤자 부모님과 일 년에 가질 수 있는 식사 자리는 고작 대여섯 번이다. 부모님이 30년 후에 돌아가신다고 가정하면 부지런히 일 년에 5~6번을 보아도 부모님 얼굴을 볼 날이 150번 정도밖에 남지 않았다는 것이다.

나는 귀한 기회를 맛있게 쓰고 싶어서 주저 없이 가장 깔끔하게 보이는 집을 찾아 맛있는 한정식을 예약했다. 불고기 전골과 돌솥밥이 푸짐하게 나오는 한 상이었다. 세 식구가 다 먹기 어려울 정도로 반찬도 넉넉하게 나왔다. 고맙게도 부모님은 밑반찬까지 싹싹 긁어 맛있게 드셔 주셨다.

식사를 마친 후 점찍어 둔 찹쌀떡 맛집으로 이동했다. 밥집에서 30분 정도 걸리는 곳이었다. 문경 시내 구경도 할 겸 드라이브를 하는 느낌으로 가자고 했다. 맛집으로 유명한 곳이라 아침 일찍 전화를 걸어 찹쌀떡 두 상자를 예약해 둔 참이었다. 시골의 매우 오래된 빵집이었는데 찹쌀떡과 찹쌀도넛만 판매하는 곳이라고 했다. 방송에 나온 후 맛집으로 입소문을 타며 여행객들이 꼭 들러 가는 곳이라고 했다. 지방마다 이런 오래된 전통 맛집이 하나씩 있기 마련이다. 이런 곳은 맛도 맛이지만 들러서 사 먹는 재미도 있다. 찹쌀도넛은 예약 없이 선착순 판매였는데 평일 오후 1시가 조금 넘은 시간임에도 이미 소진되고 없었다. 할 수 없이 예약된 찹쌀떡 두 상자만 사서 돌아왔다. 10개 들이 한 상자가 단돈 6천 원이라니 가격도 너무 저렴했다.

찹쌀떡 가게에서 6분 거리의 카페로 향했다. 가는 길이 험난했다. 시골의 좁은 밭두렁을 지나야 했다. 마주 오는 차가 있으면 서로 비켜서야 할 만큼 좁은 길이었다. 엄마는 이런 길을 어떻게 다니냐고 했지만 나는 시골에 살면 원래 다 이런 거라며 거침없이 액셀러레이터를 밟았다. 시골은 그런 곳이다. 웬만해선 마주 오는 차가 없고, 마주 오는 차들은 길을 들어서기 전에 가시거리에 맞은편 차가 보이면 서서 기다려주기 마련이다. 나는 시골이 좋다. 시골 사람들의 이런 여유가 좋다.

우리가 도착한 카페는 한 마을의 한옥을 개조해서 만든 고즈넉한 집이었다. 300평 정도 되어 보이는 카페에 한옥집이 ㄱㄴ 모양으로 들어서 있었다. 마당에도 테이블이 있었지만 방문을 하나씩 열어보니 안에 들어가서 조용히 차를 마실 수 있는 공간이 있었다. 테이블도 옛날에 쓰던 낡은 전통 밥상 그대로였고, 창호지 문과 마룻바닥도 옛날 할머니 집에서 보던 느낌대로였다. 문경사과주스, 오미자차, 그리고 커피를 받아 들고 방 안에 앉았는데 너무나 익숙했다. 어릴 적 할머니 집을 개조하기 전이 딱 이런 분위기였다. 우리는 할머니 집에 가서 음료수 마시는 기분을 내려고 이 먼 길을 왔다며 웃었다.

마을은 조용했다. 우리도 소리를 낮추어 대화를 했다. 더러 손님들이 오갔지만 고요한 날씨와 마을의 분위기가 도시에서는 느낄 수 없는 카페의 느낌이긴 했다. 다시 시동을 걸어 아빠가 차를 세워 둔 처음의 목적지로 향했다. 시골길은 운전하기 너무나 편하다. 우리는 시골길은 사람이나 차보다 동물이 더 무섭다며 도로에서 고라니를 만난 이야기를 나누며 목적지에 도착했다. 아빠는 운전하며 사고가 날 수 있는 모든 상황들을 운전하고 있는 나에게 굳이 설명을 하며 더욱 내 손에 땀을 쥐게 만들었다. 아빠는 하루 종일 내가 안내를 하니 편했다고 했다. 그간 아빠가 했던 모든 것들, 여행 일정을 짜고, 운전을 하고, 음식값을 지불하는 일은 모조리 내가 대신한 것이다.

아빠는 또 두 시간을 넘게 달려 집에 가야 한다. 서로 운전을 조심하라며 아쉬운 인사를 나누었다. 그리고 각자의 차를 타고 각자의 집으로 향했다. 여행을 마치고 집에 돌아간 엄마가 저녁밥을 짓기 싫을 것 같아 배달 앱으로 치킨 한 마리를 주문해 드렸다. 엄마가 매우 만족한 모양이었다. 다음에는 또 다른 곳에서 만나자고 했다.

나이가 들고 부모님과 크게 마찰이 생긴 적이 한 번도 없었던 듯하다. 부모님도 나도 서로 고집 피우지 않고 한 발씩 양보한 것이 큰 이유겠지만 서로 자주 보지 않으니 더욱 애틋하고 조심하게 되는 것 같다. 가끔 이렇게 만나보면 1년 365일 한 집에서 살 부대끼고 살던 시절이 아득하다. 서로의 바뀐 모습이나 새로운 습관에 흠칫 놀라기도 한다. 가족을 만나는 일이 이렇게 동창회를 하거나 전우회를 하는 것 같은 느낌일 줄이야. 어릴 적엔 몰랐겠지. 내가 이렇게 커서 운전을 다 하고 부모님을 모시고 여행을 하게 될 줄 우리 중 아무도 상상하지 못했을 것이다.

다음에는 아빠가 좋아하는 야구 개막전을 할 적에 한화 홈구장에서 만나기로 했다. 아빠는 수년간 한화 팬이었으면서 한 번도 홈구장에서 경기를 관람한 적이 없다. 치킨과 맥주를 가득 시켜서 관람석에 앉아서 뜨겁게 응원을 하면 얼마나 즐겁겠는가. 기분 좋은 관람을 위해 한화가 꼭 이기길 바라는 마음이다.

그런 의미에서 올해도 한화 파이팅!

다 같이 배고팠던 중국 유학시절

2000년대 초반, 나는 중국 베이징 체육대학교에서 무술을 배우고 있었다. 갓 스무 살이 되어 처음으로 부모님 품을 벗어나 먼 길을 떠났다. 어렸던 나는 새롭게 시작될 나의 인생 2막을 기대하는 마음에 설레는 표정을 감출 수가 없었다.

중국 각지에서 베이징으로 상경한 중국 친구들 중에는 국경을 넘은 한국보다 더 먼 지방에서 온 아이들도 있었다. 나보다 훨씬 더 긴 시간 기차를 타고 왔고 나처럼 베이징이 처음이었으며, 베이징 말투에 적응하지 못하는 것도 마찬가지였다. 다양한 지역에서 제각각 베이징에 모인 친구들은 집 떠나 밖에서는 친구가 부모이니 친구들끼리 서로 의지해야 한다며 서로를 살뜰히 챙겼다. 다들 고만고만하게 가난했고 고만고만하게 운동도 공부도 열심히 했다.

무술의 나라 중국에서 만난 친구들은 한국에서는 쉽게 볼 수 없던 현란한 기술과 탄탄한 기본기를 갖추고 있었다. 나는 중국 친구들에게 반해버렸다. 친구들은 부모님이 주신 돈으로 책을 살 수는 있지만 클럽에 가거나 유흥을 할 수 없다고 했다. 그 생각이 바르고 곧아 보여서 나는 친구들을 졸졸 따라다니며 중국 생활에 동화되어 갔다. 새벽에는 그들과 학교 운동장에서 만나 운동을 하고, 아침 식사를 한 후 오전 수업을 듣고, 점심 식사를 한 후 오후 수업을 듣고, 저녁 식사를 한 후에는 도서관에 앉아 도서관 문이 닫을 때까지 오늘 배운 내용이 증발할 새라 책을 보고 또 봤다.

대학생이니 아르바이트를 하는 등의 경제활동을 할 수도 있었으나 베이징의 맥도날드 아르바이트 한 시간 시급이 4위안,

당시 환율로 6백 원이었다. 유학생에게는 장학금 제도 따위가 없었으므로 부모님이 주신 생활비를 아껴 쓰는 것 외에는 뾰족한 수가 없어 보였다. 부모님도 시급 6백 원을 벌 바에야 중국어나 제대로 배워 오라며 일자리 찾는 것을 만류했다.

그때 꽤 친하게 지냈던 궈칭이라는 친구가 있었다. 스무 살이라고 하기엔 꽤 오빠 같아 보이는 그는 해맑아 보이는 듯 싶다가도 나이답지 않게 어두운 구석이 있었다. 궈칭은 늘 바빴는데 도서관도 혼자 다니고 운동도 혼자 했으며, 학교 식당에서 밥도 혼자 앉아 먹었다. 오며 가며 반갑게 인사하고 체육 수업 시간에 줄을 서면 죽이 맞아 함께 장난치며 놀았지만 그 외의 시간은 철저히 자기 자신을 위해 쓰는 친구였다. 중국 학생들이 쓰는 숙소는 유학생들의 숙소와 달리 저녁 10시가 되면 집합을 한 후 출석 체크와 함께 단체 소등을 하고, 아침에도 점오와 체조를 했다. 궈칭은 남자 기숙사의 대장으로 친구들의 출석을 관리하고, 혹시 못 온 친구들이 있으면 적당히 둘러대주고, 문이 잠긴 후 1층 기숙사 창문으로 몰래 친구들을 넣어주는 등 의리도 있고 융통성도 꽤 있는 친구였다. 그래서 모두들 궈칭을 좋아했다. 공부도 1등이었다. 당시 그는 겨우 스물, 스물하나 남짓의 청년이었는데 지금의 나보다 훨씬 진중하고 사려깊었던 면이 있었던 것 같다.

나는 여느 때처럼 학교 식당에 여자 친구들과 모여 식사를 하고 있었다. 학교 식당은 식판에 고기반찬과 볶음밥, 채소 반찬, 국까지 푸짐하게 담아 계산을 해도 한국 돈 7백 원을 넘기기 어려울 만큼 저렴하고 알찼다. 나는 멀리 구석진 자리에서 뒤돌아 앉아 있는 궈칭의 식탁에 식판이 없는 것을 보았다. 식당에서는 밥을 지은 솥에 물을 가득 넣고 끓인 흰 죽을 무료로 배급했는데 궈칭이 그 흰 죽을 연거푸 두 그릇을 떠서 먹고 나가는 것이었다.

"궈칭은 어째서 밥 안 먹고 죽만 먹고 가지?"

나는 친구들에게 물었다.

"재 가끔 돈 떨어지면 밥 먹을 돈 아끼느라고 그래."

"내가 사 주고 싶다."

"그러지 마. 궈칭 자존심이 얼마나 센데."

채소 잔반들을 잔뜩 남겨 식판을 비우러 가는 내가 죄스러웠다. 그 후로 친구들과의 모임이 있거나 몇몇이 모여 양꼬치를 먹으러 갈 때, 누군가의 생일 파티 때, 난 궈칭이 오는지 눈여겨보았다. 하지만 궈칭은 절반은 오고 절반은 오지 않았다. 그는 늘 바빴고 무언가를 하고 있었다. 열심히 사는 궈칭의 성적은 늘 1등이었기에 다행히 그는 학비와 기숙사비를 면제받아 공부를 해나갔다.

2학년이 되고 궈칭이 아르바이트 자리를 구했다는 얘기를 전해 들었다. 매주 일요일에 어느 사설 체육관에 출강을 나가서 태권도를 8시간 가르치면 한국 돈 1만 원을 받는다는 것이었다. 다행이라고 생각했다. 궈칭은 왕복 3백 원의 버스비가 아까워 학교 친구의 자전거를 빌려 타고 가는 데 1시간, 오는 데 1시간을 달렸다. 한 번은 비 오는 날 우비를 입고 자전거를 타고 돌아오다가 미끄러져 흠뻑 젖고 와서는 갈 때 미끄러진 것이 아니라서 천만다행이라고 말했다.

하지만 아르바이트를 해도 궈칭의 사정은 나아지지 않았다. 한 달에 4만 원을 벌어 그마저도 고향 집에 나누어 보내는 모양이었다. 그는 어릴 적부터 아빠가 없는 외아들이었다. 엄마는 나이가 아주 많아서 경제활동을 거의 못한다고 했다. 궈칭이 사는 시골 마을에서는 아이가 대학을 가는 것 자체가 경사인데, 궈칭은 베이징이라는 대도시의 그것도 체육대학으로는 일류인 대학에 들어가게 된 것이다. 동네 잔치가 벌어졌음은 물론이다. 궈칭의 엄마는 궈칭에게 '이로써 네가 할 수 있는 평생의 효도를 다 했으니 절대 용돈을 부치지 말라'고 했다지만, 궈칭은 공부도 1등으로 장학금을 타면서 집에 돈까지 벌어 보냈다. 물론 나와 다른 친구들도 최선을 다해 살았지만 당구장에 가서 포켓볼도 칠 줄 알았고, 한 학기가 끝날 때면 노래방과 클럽에 가서 촌스러운 춤사위를 날릴 줄도 알았다. 한 번도 흐트러지지 않고 한결같이 자기 관리를 하는 궈칭의 집념은 우리가 감히 이길 수가 없는 종류의 것이었다.

3학년이 되자 궈칭은 선생님들에게 선발되어 본과생임에도 사무실에서 조교처럼 일하게 되었다. 손톱만큼의 월급을 받으며 전보다 더 바쁘게 일하며 다녔지만, 그래도 더 이상 배는 곯지 않고 공부를 하는 눈치였다.

졸업은 금방이었다. 그리고 수석으로 졸업한 궈칭은 대학원에 들어갈 수 있었다. 연구생이라 불리는 석사 과정은 당시 중국 친구들 사이에 꽤 명예로운 일이었다. 그는 더욱 바빠졌고 석사 과정에서도 전체 우리 과의 대표 자리를 맡았다. 나는 궈칭과 본과 4년, 석사 3년 도합 7년을 같은 교실에서 공부했지만 예의 그 친하지만 친하지 않은 적당한 사이를 유지했다.

추운 겨울이었다. 그즈음 궈칭은 중고 자전거 한 대를 한국 돈 7천 5백 원에 구매했다. 자전거 도둑이 많은 중국에서 아마도 누군가의 자전거를 훔쳐서 재조립했을 것으로 추정되는 녹슨 체인과 고르지 않은 휠, 칠이 다 벗겨진 낡은 자전거였다. 걸어만 다녀도 볼살이 떨어져 나갈 것 같이 베이징의 칼바람은 무서웠다. 그날도 우중충하고 바람이 많이 부는 지독한 겨울날이었는데 궈칭이 자전거를 타다가 넘어졌다는 소식을 전해

들었다. 앞바퀴가 바닥의 푹 파인 홈에 걸리는 바람에 공중으로 크게 날아 얼굴부터 떨어졌다고 했다. 우리는 "무술을 전공한 애가 공중 돌기를 해서 완벽한 마보 착지를 해야지 어쩜 저렇게 순발력이 떨어지냐"고 농담을 하며 그의 숙소를 찾았다. 궈칭은 생각보다 심각한 상태로 앞니가 다 깨져 입과 코가 퉁퉁 부었고, 누워 있다가도 벌떡 일어나 토하기를 반복했다. 이대로 두면 죽을 수도 있다며 큰 병원에 가서 머리 사진을 찍어 봐야 한다고 누가 이야기했는데 우리에게는 병원 갈 돈이 없었다. 친구들에게 등 떠밀려 마치 양호실 같은 저렴한 학교 병원에 다녀온 궈칭은 별다른 소견 대신 약 한 봉지와 푹 쉬라는 말만 듣고 왔다. 밤새 주기적으로 토하는 것이 멈추지 않자 궈칭은 같은 방을 사용하는 리쉰에게 실눈을 뜨고 부탁을 했다.

"리쉰, 만일 내가 죽으면 내 책이랑 운동 기구, 옷 같은 것, 다 너랑 친구들이 알아서 나눠 가져. 그리고 내 책상 세 번째 서랍에 통장이 하나 있거든. 그거 내 전 재산인데 우리 엄마에게 꼭 좀 전해줘. 알았지?"

리쉰은 심각하게 비번을 물어보며 통장을 꺼냈다고 했다. 통장 안에는 학교를 다니며 궈칭이 5년 넘게 모은 1천 2백 위안, 한국 돈 18만 원이 들어 있었다.

다행히 충분한 휴식을 취한 궈칭은 며칠 후 되살아났다. 그는 석사 졸업 역시 우수한 성적으로 했고, 우리 동기들 중 유일하게 학교에 남아 사무직으로 빠른 취업에 성공했다.

7년이나 살았던 베이징을 떠나는 날, 내가 눈물을 글썽거리자 궈칭이 말했다. 나중에 베이징에 돌아오면 나를 찾으라고. 내가 너의 친정(娘家)이라고. 하지만 졸업 후 나는 단 한 번도 학교를 찾은 적이 없었고, 세월이 흐르며 제2의 고향이라 여기던 베이징에서의 기억은 점점 잊혀 갔다.

졸업 후 한참 연락이 없었는데 몇 년 전쯤, 위챗에 중국 동기들과의 단체 대화방이 생겼다. 잊고 있던 베이징의 옛 기억을 떠올리며 호들갑스럽게 반가운 친구들을 찾아 연락을 했다. 그 중 궈칭의 프로필이 보였다. 아내가 되는 사람의 뒷모습과 아이의 작은 발 사진이 올라와 있었다. 궈칭은 서른이 넘어서야 가정을 이루고 귀한 아이를 얻었다고 했다. 중국 친구들은 보통 대학 졸업 후 얼마 지나지 않아 20대에 다 결혼하고 아이를 낳았는데 궈칭 혼자 노총각 소리를 한참 들었음에 틀림없다.

내가 먼저 인사를 건넸다. '오랜만이다, 이혜미 동기'라며 궈칭이 대답했다. 궈칭답다. 정말 안 친했던 사람처럼 성까지 붙여서 이혜미 동기라니. 잘 지내냐고 이것저것 물어보았지만 궈칭답게 학교에 잘 다니고 있다고 했고, 언제 학교 한 번 오지 않겠냐는, 오면 자신을 찾으라는 의례적인 인사를 했다.

'너희 부모님은 다 건강하시니? 집안 사람들 다 잘 계시고?' 궈칭이 물었다. 나도 궈칭의 엄마 안부를 물었다. 아직 고향에 계시냐며. 궈칭은 '너 우리 엄마를 기억하냐'며 반색을 했다. 자신이 베이징에서 취업을 한 후 얼마 지나지 않아 엄마를 베이징으로 모셨다고 했다. 지금도 엄마가 고령이지만 건강하셔서 집 근처에 살며 자신의 아들을 봐주고 계신단다. 그의 소식을 들으니 참 행복했다. 그 안정된 가정을 이루기 위해 궈칭이 그동안 흘린 피땀의 무게를 내가 알기에. 궈칭의 엄마는 궈칭이 그렇게 고생하며 학교에 다녔던 것을 아실까. 그럼에도 아들이 저렇게 훌륭하게 자리를 잡아주어 얼마나 행복할까.

앞으로 자주 연락하자며 끝인사를 했지만 그 후 연락을 하지는 못했다. 다만 멀리서나마 진심으로, 젊었을 때 실컷 미리 고생해 둔 귀칭의 앞날이 무탈하고 편하기만을 빌어주었다.

1960년대생들이 온다

아빠는 은퇴를 했는데도 계속 일을 한다. 아빠 친구들과 함께 작은 사업체를 꾸려 회사에서 써먹던 기술로 드문드문 일을 이어가고 있다. 아빠는 친구들과 일흔 살이 넘을 때까지 이 일을 계속할 작정이라고 한다. 처음에는 아빠가 잠시도 쉬지 않고 이 일 저 일을 쫓아다니는 것이 속상했으나 아빠 스스로가 일을 즐기는 것 같고 아빠가 밖에 나가서 사회활동을 하는 것에 대해 엄마도 즐거워하니 내가 나설 일은 아닌 것 같았다.

'860만의 은퇴 쓰나미. 1960년대 생들이 온다.'

이러한 주제의 다큐 프로그램이 방송된 이후로 많은 사람들이 본격 고령화 사회로 접어든 것을 피부로 실감하는 것 같다. 어떤 대책이 세워질지 모르고 대처 방법이 있을지는 모르겠다. 다큐는 여느 시사 프로그램들처럼 사회적 문제만 짚어주고 끝났다. 나머지는 우리가 해결해야 할 부분이다.

짧지만 내가 살아본 경험에 의하면 정책이 좋아지길 기대하거나 누군가에게 무엇을 바라기보다 내 한 몸뚱이 움직여서 변화를 시도하는 것이 가장 빨랐다. 나는 세상을 바꿀 능력도 없고 역량도 되지 않지만 최소한 우리 부모님 정도는 돌볼 수 있다. 수명은 길어지고 그에 비해 터무니없이 빠른 은퇴를 맞닥뜨린 부모님의 미래를 나도 함께 고민해야겠다는 생각이 들었다. 부모님이 은퇴를 하고 노후를 즐겨야 할 나이라고 생각할지도 모르지만 어쩌면 지금껏 살아온 날보다 더 많은 날을 살아야 할 것이다. 그러니까 아빠가 지금부터 자격증을 따고 평생 할 수 있는 일자리를 알아볼 때 그냥 가만 쉬시라고 말할 일이 아니었던 것이다. 아빠는 누구보다 열심히 노후를 준비했다. 세 살 버릇 여든 가는 것인지 지금도 아빠는 앞으로 남은 세월에 대한 꿈과 희망을 갖고 있다. 건강 관리도 엄청 열심히 여서 쉬는 날 전화를 걸어보면 늘 헬스장이 아니면 산이다. 나는 그런 아빠가 여전히 존경스럽다.

엄마가 60대에 그림을 시작해서 90대에 화가가 되어 전시를 했다는 한 할머니 이야기를 한다. 90대 할머니를 보고 엄마는 어떤 희망을 얻었을까? 그림 공부에 한창인 엄마는 어쩌면 30년 동안 묵묵히 자기 계발을 해서 어느 날 유명한 화가가 될지도 모른다. 인스타그램도 하고 유튜브도 하고 인터넷 쇼핑은 누구보다 잘하는 엄마를 보며 나는 말했다. 할머니의 60대와 비교해보라며, 엄마가 90살이 되어도 늙지 않을 거라 장담했다.

현재 만 65세를 기준으로 노약자를 구분한다. 그런데 이 구분선 때문에 나이 듦에 대해 더욱 빨리 한계가 그어져 버리는 것 아닌가 하는 생각도 해본다. 어떤 65세는 30대보다 더 기력이 좋다. 만 65세를 넘은 내 아버지도 별다른 노인다움 없이 자세도 꼿꼿하고 젊었을 적과 별다른 게 없다. 90세를 넘은 우리 할머니는 아직도 기차통을 삶아 먹은 것처럼 목소리도 크고 귀도 밝다. 지금 60대인 우리 부모님은 앞으로 40여 년에서 80여 년을 더 사실지도 모른다. 100세 시대가 아니라 120세, 140세 시대가 될 것이다. 90세가 넘어도 지금까지 정정한 우리 할머니를 보면 나는 틀림없이 그럴 것이라고 확신한다. 그에 반해 빠르게 바뀌는 세상에 뒤처진 부모님들은 어떻게 미래를 설계해야 할지 모를 수도 있다. 어릴 적 우리가 크면 뭐가 될지, 무얼 해서 먹고살아야 할지 부모님이 방향성을 제시해 주셨던 것처럼 이번엔 우리가 부모님을 돌볼 차례가 아닌가 싶다. 부모님들은, 어쩌면 자신의 부모님 나이보다 조금 더 살다 죽을지도 모른다는 생각으로 노후 준비를 했는데 예상치 못하게 건강해서 당황할 수도 있다. 나는 과연 우리 부모님에게 어떤 미래를 설계해 보자고 할 수 있을까?

지난 집안 제사 후, 아빠와 제사음식 이야기를 나누다가 이 제삿밥이 예전에는 먹지 못한 귀한 것이 아니었냐고 물었다. 그런데 오랫동안 제사 메뉴에 변함이 없어서 요즘 사람들은 제사 때 만든 음식을 그렇게 귀하게 먹지 않는다는데, 그러면 메뉴를 좀 업그레이드해야 하는 것 아니겠냐고, 아빠가 돌아가시면 맛난 대게와 한우를 올려 드리겠다고 했더니 아빠가 말했다.

"야, 나 안 죽을지도 모른다. 너랑 비슷하게 갈지도 몰라."

나는 아빠의 대답에 푭 하고 웃고 말았다. 지금은 와 닿지 않지만 아빠랑 나랑 둘 다 꼬부랑 할아버지 꼬부랑 할머니가 되어서 '우리가 언제 이렇게 나이가 들었나' 생각하게 될지도 모르는 일이다.

그러게. 누구나 노인이 된다.

내가 아빠 생신과 어버이날 카드에 항상 쓰는 문구가 있다.

'150살까지 오래오래 우리 곁에 있어 주세요.'

아빠가 나이가 한참 들어서도 이렇게 농담 따먹기나 하면서 내 곁에 있었으면 좋겠다.

부모님의 장례식,
어떻게 치를 건가요?

아빠가 자꾸만 바다로 가려고 한다. 통영 사람이라 바닷가에서 나고 자란 아빠가 항상 바다를 바라보고 사는 것은 어쩌면 당연하다. 퇴직해서 통영으로 돌아가 살 날만 기다리고 있다. 작은 섬에 들어가 방을 한 칸 얻어서 만날 낚시만 하고 살고 싶다고 한다. 큰 수익을 바라지 않고 잡은 고기로 회를 떠 식당을 하고 싶다고 하기도 한다. 이것은 작은아버지들 집에서도 공통적으로 나오는 레퍼토리다. 나와 사촌동생들은 아빠 삼형제가 '삼돌이 식당'을 운영해 보면 어떻겠냐며 우스갯소리를 했다.

우리가 인터넷에 후기를 아주 알차게 써서 여행자들 사이에 맛집으로 등극시켜 주겠다는 장담도 하면서.

그동안 가고 싶은 바다도 자주 못 나가고 도시에서 40년 넘게 참고 살아온 아빠는 꽤 답답했을 것이다. 아빠가 바다에 나가서 낚시를 하는 것은 보통의 둑방 낚시들과는 규모가 다르다. 배낚시 한 번 나가면 갈치 철에는 갈치가, 도다리 철에는 도다리가, 한 마리도 아니고 낚싯대 하나에 7~8 마리씩 주렁주렁 달려 올라온다. 그 짜릿함은 해 본 사람만이 안다. 크기도 얼마나 큰지 모른다. 인터넷에 올라오는 웬만한 크기의 월척 인증사진 따위는 별로 놀랍지도 않다.

낚시가 잘 되는 날에는 60리터 아이스박스 두 통이 가득 채워져 오는데 할머니댁 외할머니댁, 사촌네, 친구네, 동네 사람들까지 이 집 저 집 돌아다니며 나눠주기 바쁘다. 내가 보기에 아빠는 고기를 낚는 재미보다 나누어 주는 재미로 낚시를 하는 것임에 틀림없다. 그렇지 않으면 남들 큰 거 다 나누어 주고 손바닥만 한 작은 물고기만 우리 집 냉장고에 채워둘 리가 없다.

그래서 늘 엄마의 볼멘소리를 들으면서도 지칠 줄 모르고 낚시를 끊지 못하신다. 아빠가 낚시에 얼마나 열정적이냐면, 토요일까지 회사에서 근무를 하고 그날 저녁에 바다에 나가서 일요일 아침까지 밤을 새우고 낚시를 해도 피곤한 기색 하나 없이 눈빛이 부리부리하다. 일요일 낮에 돌아와 한숨 눈을 붙이고 다시 월요일부터 토요일까지 잔업에 야근을 밥먹듯이 한다. 그리고 또 토요일이 돌아오면 출정을 하신다.

딸들도 울고 갈 아빠의 체력은 예순이 넘은 지금도 건재하다. 나도 아빠가 낚시를 할 때만큼은 가장 생기 있어 보여서 좋다. 하지만 사실 우리 가족들은 아빠가 바다를 나갈 때마다 불안해한다. 엄마와 딸들뿐만 아니라 할머니까지 아빠가 바닷가에 낚시하러 갔다는 소식을 들으면 걱정부터 한다. 외할머니는 '통영 앞바다에 낚싯배가 뒤집혔다'와 같은 뉴스가 나오면 어김없이 이 서방은 지금 어디에 있냐고 엄마에게 전화를 건다. 식구들이 이렇게 유난스러운 이유는 바로 할아버지가 바다에서 돌아가셨기 때문이다.

할아버지가 돌아가신 후 장남이었던 아빠가 할아버지의 유해를 수습하러 갔다고 했다. 할아버지는 어촌마을의 어부였다. 그날도 고기를 잡으러 고깃배를 탔는데 뱃머리를 돌리는 순간 할아버지가 사라졌다고 한다. 사라진 할아버지는 그 후로 며칠간 소식이 없었다. 한참 후에야 수색대가 발견한 건 할아버지의 장화였다고 한다. 서른 살이 갓 넘었던 아빠가 그것을 확인했다. 할아버지의 장례식은 집에서 치러졌다. 낡았던 옛집 마루에 할아버지의 영정사진과 함께 상이 차려졌고 정통의 상아색 상주복을 입고 기다란 모자를 쓴 아빠가 손님을 맞았다. 그때 나는 여섯 살이었는데 처음으로 아빠가 우는 모습을 보았다. 한 번도 운 적이 없는 아빠가 이렇게 사람 많은 데서 울다니. 나는 너무 부끄러워서 모른척 숨어버렸다. 나는 장례식이 뭔지도 모르고, 하늘나라에 가는 건 좋은 것 아니냐며 세상 발랄하게 할머니집 잔디마당을 뛰어다녔다. 할아버지의 마지막 가시는 길에 절을 하라고 하는데 그게 싫어서 몸을 배배 꼬았던 기억도 난다. 생전 나를 너무 예뻐해 할아버지 손을 잡고 걸어 다닌 기억이 없을 정도로 손주를 업고만 다녔던 할아버지였는데 할아버지의 장례식, 그 기억이 수십 년이 지나도 생생한 것이다.

그렇다고 아빠의 출정을 막을 순 없는 노릇이다. 나 역시 언제 부모님 말씀 듣느라 내가 하고 싶은 것에 대한 소신을 굽힌 적이 있던가. 좋아하는 것조차 못하고 살면 아빠 인생에 무슨 낙이 있을까 싶어 구명조끼 등 안전용품을 사다 바치며 조심하라고 잔소리를 보태본다. 아직 바다가 좋은 아빠에게 낚시용품을 구해다 주며 마음속으로 기도를 하는 것이 내가 할 수 있는 전부다.

낚시 용품은 계속해서 성능이 좋은 제품으로 바꾸어야 하는 모양이다. 아빠가 갖고 싶어하는 낚싯대가 자꾸 새로 생긴다. 대부분은 오프라인에서 살 수도 없어서 해외 직구를 해야 하는 제품이다. 그럴 때면 전 세계 글로벌 사이트를 다 뒤져서 최저가에 아빠의 손에 낚싯대를 안겨준다. 그러면 아빠는 친구들에게 딸내미가 해외에서 공수를 해 준거라며 자랑하느라 한층 더

흥을 내며 바다로 나간다. 낚싯대가 집에 도착하는 날은 엄마에게 문자가 온다.

'네가 또 아빠 낚싯대 사줬니? 낚싯대가 한두 개니? 아예 아빠랑 둘이 낚시용품점을 차리지 그러니.'

장비가 좋아서 아빠가 바다를 더 자주 나간다는 것이 엄마가 반대하는 이유다. 그렇지만 장비가 나쁘다고 갈 걸 안 가겠는가. 옆 사람보다 낚싯대가 안 좋아서 덜 잡혔다는 소리를 듣는 것보다 낫다. 아빠가 기력이 있을 때 낚시를 가는 것이지, 아직 이렇게 밤샘 낚시를 한다는 것은 건강하다는 반증이 아니겠는가.

우리는 서로 헤어지게 되어 있다. 어떤 만남도 헤어짐을 전제로 하고 만나는 것을 안다. 부모님과 나는 서로 어떤 모습으로 헤어지게 될까. 아마도 엉엉 울겠지. 아주 오랫동안 서러워할 테지. 아직 나는 준비되지 않았고 생각하고 싶지도 않기에 그 헤어짐이 되도록 아주 먼 미래이기를 바랄 뿐이다.

다만 고민한다. 나 하나 챙기기에 바쁜 시대에 부모님 챙길 여유가 있을까. 과연 어떻게 효도할 수 있을까. 해답이 없는 이 질문에 시원한 답을 남기지 못하고 결국 물음표로 글을 마무리 한다.

부모님이 곁에 있다는 이 기회의 시간 동안, 나는 과연 효도하며 살 수 있을까?

우리가 부모님에게 배운 것들에 대하여

모든 인연에는 시절이 있다. 부모님의 자식으로 태어나 평생 부모님이라는 지붕 아래 부족함 없이 잘 살고 있다. 이 인연이 끝나기 전에 부모님에 관한 책을 낼 수 있어서 다행이다.

조금이나마 효도할 수 있도록 기다려 준 부모님에게 감사하다. 이 책은 인터넷에 올린 얼기설기한 글들을 크레파스북에서 발굴해 주신 덕분에 묶어 낼 수 있었다. 고개 숙여 감사드린다.

부모님과 함께 살아가고 있는 이 시절이 여전히 기쁘다. 맛있는 걸 사 드릴 수 있고, 발이 편한 운동화가 나오면 깜짝 선물로 보내드릴 수 있다. 아무 때나 전화해서 “아빠, 뭐해요?” 하고 통화할 수 있다. 이 시간이 영원히 끝나지 않으면 좋겠다.

괜찮다고 말하고 싶다. 부모님이 숱하게 나를 울린 것, 마음 아프게 한 것, 못해 준 것, 하나도 가슴에 담아 둔 게 없다고. 그저 그 모든 시절이 부모님과 함께 부대끼며 살았던 사랑의 시간이라 느낀다고. 그 사랑 덕에 이렇게 나 자신을 사랑하는 멋진 어른이 될 수 있었다고.

글을 쓰면서 많이 울었다. 지나간 시간에 대한 그리움이기도 하고 다시금 떠오르는 부모님에 대한 애틋한 마음이기도 했다. 또한 쓰는 동안 행복했다. 읽은 이들도 똑같이 행복한 마음을 느끼면 좋겠다.

이 세상에서 가장 좋은 우리 아빠와 엄마들에게 이 책을 바친다.